VIE DE MERDE

Paru dans Le Livre de Poche :

VIE DE MERDE, LA SUITE…

Maxime Valette &
Guillaume Passaglia

Illustrations de Pénélope Bagieu

VDM
VIE DE MERDE

privé©

ISBN : 978-2-253-08512-6 – 1re publication LGF

GRANDS MOMENTS DE SOLITUDE

Se taper la honte, prendre un vent, se manger un râteau… Certains en font un grand art. À petite dose et heureusement pas tous les jours, la honte c'est bien, ça apprend l'humilité, un vrai vaccin contre l'arrogance. Si les survivants du pire sont capables de le raconter ici, c'est qu'ils sont toujours debout. Comme quoi… l'autodérision est le meilleur instinct de survie.

Aujourd'hui, je monte dans un ascenseur bondé et, avisant un petit gamin tassé contre la porte qui se referme, je lui dis : « Recule, mon lapin, sinon tu vas te faire coincer ! » Sauf que le « lapin » se retourne vers moi, et je réalise que c'est un nain adulte, qui doit avoir dans les 50 balais. VDM

Aujourd'hui, alors que j'étais légèrement en retard pour le boulot, je cours pour chopper le métro, je glisse sur le dernier virage et tombe lamentablement. Les portes se ferment, et les gens se marrent. VDM

Aujourd'hui, dans le métro, je regarde un mec dans le genre super canon, et miracle, il me regarde ! J'esquisse des sourires, je minaude dans mon coin, j'ose un demi-clin d'œil. Au moment de sortir, il s'approche de moi et me glisse un « ta braguette est ouverte » avant de disparaître. VDM

Aujourd'hui, j'appelle une agence pour un problème de fosse septique. Deux employés arrivent, je les emmène dans le jardin pour leur montrer le couvercle de la fosse. Ils l'ouvrent, et on aperçoit une marée de capotes qui flottent à la surface. Je ne mets pas de capote avec ma femme… VDM

Aujourd'hui, la fille que je convoite depuis un an et demi m'appelle sur mon portable pour me dire : « Salut on sort ensemble ? » Je lui dis : « Ouais pourquoi pas ? » Elle me demande : « C'est qui… ? » Elle s'était trompée de numéro… VDM

Aujourd'hui, ou plutôt hier soir, j'étais au lit avec ma copine, nous étions en pleins ébats amoureux, et lors de la jouissance ultime de cette dernière, elle a poussé ce cri : « OH, OUI PIERRE, CONTINUE !!! » Je m'appelle Kévin… VDM

Aujourd'hui, ou plutôt hier soir, j'ai regardé un film X avec ma copine sur le portable, avant de finir la soirée en galipettes (en laissant l'ordi tourner). Cet aprèm', en voulant montrer les photos de notre séjour à toute sa famille, ma copine branche l'ordi et le sort de sa veille prolongée… VDM

Aujourd'hui, j'ai imité Dark Vador pour faire rire la fille d'un ami… devant son père, qui vient d'être opéré d'un cancer de la gorge. VDM

Aujourd'hui, j'ai reçu l'accusé de réception d'un texto que j'ai envoyé il y a une semaine à un ami, dans lequel j'ai traité sa mère de « fuckeuz » (pour déconner), la même mère qui... est morte il y a 2 jours. VDM

Aujourd'hui, j'écris à mon amie sur MSN, et c'est sa colocataire, connectée sur son compte, qui me répond : « dsl, c'est pas Marie, elle est chez son copain. » J'ai bien cherché, elle n'est pas chez moi. VDM

Aujourd'hui, c'est la première fois que je couche avec ma copine, manque de bol, après l'acte, je suis pris d'un terrible mal de ventre et je lâche à mon insu un pet tonitruant. Je suis pas sûr d'être encore avec elle demain. VDM

Aujourd'hui, j'ai dit à une fille, après une blague de merde : « Tiens, voilà une corde pour te pendre. » Sa mère s'est suicidée en se pendant il y a une semaine. VDM

Aujourd'hui, la fille sur qui je suis à fond veut absolument savoir sur qui je suis à fond ! VDM

Aujourd'hui, ma copine de 19 ans m'a largué en me disant que j'étais immature. J'ai 30 ans. VDM

Aujourd'hui, je faisais l'amour avec mon copain. Quand nous avons changé de position, il a crié : « Transformation Power Rangers ! » VDM

Aujourd'hui, je vois revenir un collègue avec des béquilles et je lui dis : « Ah, toi, t'as été au ski ! » Une collègue rit jaune, me prend à part et me dit : « Belle gaffe ! Il a perdu une jambe dans un accident de voiture, y a un an, et là il vient de changer de prothèse... » VDM

Vous en avez mis, un temps, grands fous !
SAPEURS

Aujourd'hui, je me suis fracturé une cheville en glissant dans ma salle de bains. Impossible de sortir, mais j'ai pu appeler les pompiers de mon portable. Ils se sont bien régalés quand ils ont défoncé la porte et qu'ils m'ont trouvée, nue sur le carrelage, juste recouverte d'une serviette. VDM

Aujourd'hui, en me levant et en allant dans le salon, j'ai glissé sur un préservatif usagé. Je vis seul avec ma fille de 15 ans. VDM

Aujourd'hui, ma copine m'a raconté que, suite à la soirée d'hier, elle s'est réveillée avec un autre pantalon que le sien. VDM

Aujourd'hui, tenaillé par la faim, j'ai ouvert le frigo et j'y ai trouvé un pâté que j'ai englouti en 30 secondes. Une heure plus tard, ma copine m'a demandé ce que j'avais fait du reste de pâtée pour chat. VDM

Aujourd'hui, je dois dormir et dîner pour la première fois chez ma copine. Je n'ai jamais rencontré ses parents, je fais donc en sorte d'être présentable, mais je vais aussi acheter une boîte de préservatifs à la pharmacie au cas où la soirée se termine bien. Ce que j'ignorais, c'est que son père était pharmacien, et que finalement je le connaissais depuis peu… VDM

Commentaires des internautes :

- ***Quitte ou double : soit il te pète la gueule, soit il est fier que sa fille sorte avec un mec responsable.***
- ***La prochaine fois, si tu veux lui faire vraiment peur, achète-lui un test de grossesse…***

Aujourd'hui, première fois que j'assiste à une réunion avec les boss. Le midi, on va au resto. J'avale de travers un morceau de viande, le bougre reste coincé, je peux plus respirer, j'arrive pas à tousser. Je vais le chercher avec les doigts et le repose tout mâché dans l'assiette. VDM

Aujourd'hui, mon patron m'a appelé dans son bureau. Il m'a demandé d'arrêter de draguer sa femme, je ne l'intéresse pas. VDM

Aujourd'hui, notre voisine a ramené des quadruplés de la maternité. Mon fils de 5 ans a demandé combien ils allaient en noyer. J'ai enfanté un monstre. VDM

Aujourd'hui, j'arrive en retard en cours. J'entre dans l'amphi, tout le monde est penché sur sa feuille, je veux faire au plus vite pour m'asseoir... Mais le fait de louper la première marche et de tomber sur le ventre me ralentit un peu. Je pense à m'exiler. VDM

Aujourd'hui, en remontant l'amphi, ma jupe portefeuille m'a lâchée ; le temps que je réalise, elle avait glissé jusqu'à mes genoux. J'étais en mode yéti (pas épilée) et je portais la plus vieille culotte de ma collection (celle qui n'a plus d'élastique). Et tout cela devant 120 élèves. VDM

Aujourd'hui, enfin hier soir, en boîte, je croise une fille que je connais, qui avait dû accoucher. Je lui demande comment ils l'ont appelé, elle me parle, et dans le bruit, j'entends Mornay. Je lui demande si c'est d'origine écossaise, elle me répond : « Non, il est mort-né. » VDM

Aujourd'hui, au téléphone, en attendant l'ascenseur, je raconte à ma cousine que mon voisin a une vraie tête de psychopathe pervers. J'en rigole tellement en lui donnant tous les détails de sa bizarritude que je ne m'aperçois pas qu'il attend l'ascenseur derrière moi. VDM

Aujourd'hui, j'ai acheté une soupe aux tomates au distributeur automatique devant ma boîte. Dégueulasse, vraiment immonde. Alors je l'ai jetée avec rage. Contre le vent... VDM

Aujourd'hui, je suis invité chez une fille que je ne connais pas, par une amie en commun. Après une bouteille de vodka et un mauvais pétard, je suis persuadé que je vais enfin connaître les joies du triolisme... Je me réveille seul sur un matelas humide. Je viens de me pisser dessus. VDM

Aujourd'hui, je croise mon meilleur ami en ville, il me dit qu'il vient de s'envoyer en l'air tout l'après-midi avec une fille trop stupide. En rentrant chez moi je l'appelle pour lui donner rendez-vous le soir... Son portable sonne dans la chambre de ma sœur. VDM

Aujourd'hui, je me suis rendu compte que ma fille tenait un blog. Je le parcours un peu pour voir ce qu'elle dit dedans... Maintenant, je sais que ma fille se fout à poil sur Internet, je sais pas comment le dire à ma femme, et encore moins à ma fille. VDM

Commentaires des internautes :

- ***Au point où tu en es, tu ne peux plus rien faire, sinon nous donner l'adresse afin qu'on te dise si ta fille est bonne.***
- ***Règle numéro 1 : ne JAMAIS lire le blog de ses enfants (les enfants ne veulent pas que les parents sachent certaines choses, et les parents veulent encore moins savoir certaines choses...).***

Règle numéro 2 : suivre scrupuleusement la règle numéro 1 !

- ***Il faut lui dire :***
  « Laure, ma fille, cesse de perdre ton temps sur Internet, reprends ton entraînement à la piscine, déjà que tu as loupé la sélection du 200 mètres nage libre, ce n'est pas le moment de t'exhiber à poil, les JO sont à peine dans 3 mois. »

Aujourd'hui, j'étais au tél' avec ma copine, et c'était pas la joie. Mais tant bien que mal j'arrive à rétablir la situation. Au moment de raccrocher, je lui dis : « Bisous, Sabrina… » Elle s'appelle Vanessa. VDM

Aujourd'hui, pendant le boulot, j'ai regardé des sites de perles de copies de bac avec deux collègues. Certaines étaient tellement drôles, et moi, si bon public, que j'ai tellement ri que j'ai fini par vomir devant elles. La classe. VDM

Aujourd'hui, ma copine me répète que je suis jaloux pour rien. Je viens d'apprendre qu'elle bosse sur un site X à se tripoter devant la webcam en direct… VDM

Aujourd'hui, ou plutôt hier soir, à la fermeture d'un bar, je vois un groupe à côté, dont une jolie petite brune. Un peu éméché, je tente : « C'est marrant, ton accent, tu viens de quel pays ? — Tu trouves que j'ai un accent ? — Oui… — C'est parce que je suis sourde, je lis sur les lèvres. » VDM

Aujourd'hui, un petit garçon dans la rue m'a montré du doigt en disant à sa mère : « Regarde, maman, c'est Sarkozy ! » VDM

Aujourd'hui, j'étais avec un pote dans le bus. Deux filles derrière nous parlent d'un mec et se foutent de sa gueule (gros nez, trop moche, boutons partout). Moi je commence à me marrer en imaginant le pauvre mec super laid. En sortant du bus, mon pote m'explique qu'elles parlaient de moi. VDM

Aujourd'hui, impossible d'ouvrir ma voiture. Je me suis énervé sur la serrure, et la clé s'est cassée dedans... C'était pas ma voiture. VDM

Aujourd'hui, je me lève, la tête dans le cul, je me prépare comme d'habitude. Sauf que je me suis aperçu que le réveil n'avait jamais sonné, et qu'il n'était que 3 heures du mat'. VDM

Aujourd'hui, enfin il y a quelques mois, j'attendais des amis à la sortie d'une boîte, quand une charmante demoiselle est venue me complimenter sur mon physique et sur ma tenue. Lorsqu'elle a compris qu'en fait je n'étais pas le videur de la boîte, elle a eu l'air déçue et elle est partie. VDM

Aujourd'hui, le pseudo MSN de ma mère qui vient de fêter ses 48 ans est : « Les médocs c'est pas trop mon trip !!!!!! looool »... VDM

Aujourd'hui, ma copine n'a pas eu le temps de se raser pour notre rendez-vous coquin. Je passe outre et me force à lui faire un cunni : quand même, histoire de pas tout faire foirer. Et là, je l'entends rigoler en hurlant : « Avec les poils comme ça, t'as la moustache de Brassens ! » Ça a foiré. VDM

Aujourd'hui, je ne retrouvais plus mon portefeuille, je vais donc passer 3 heures dans un commissariat étouffant pour déposer plainte. Au moment où l'agent me demande si je n'ai pas un stylo pour signer la plainte, je porte ma main à la poche intérieure de ma veste et en tire mon portefeuille. VDM

Aujourd'hui, ou plutôt ce matin, installée confortablement dans le bus pour aller travailler, je m'endors en face d'un très beau jeune homme… Quelque chose de froid sur ma poitrine me réveille soudainement… Un long filet de bave coulait de ma lèvre. Le mec se marrait. VDM

Aujourd'hui, à un déjeuner, j'ai dit : « Ça doit être affreux de se rendre compte qu'on est cocu ! » Un des hommes à ma table l'était… Pour me rattraper, je lance donc : « Mais le pire, ce doit être que sa femme parte pour une autre femme. » C'était aussi le cas. VDM

Aujourd'hui, j'ai fait l'amour à ma copine, je la pénètre pendant quelque temps, puis je stoppe pour reprendre mon souffle… Elle a continué de crier alors que je ne bougeais plus. VDM

Aujourd'hui, la maîtresse de mon fils de 7 ans m'a convoquée. Elle me dit en riant que mon fils est un petit plaisantin. Je m'interroge, elle montre alors son carnet de liaison et me dit qu'elle ne pense pas qu'il s'agisse de la signature de mon mari. À l'endroit de la signature, il était écrit « papa »… VDM

Et sinon, les filles, quelqu'un a de l'après-shampooing, par hasard ?...

Aujourd'hui et après la piscine, à cause de la chaleur, je fais ce que je ne fais jamais d'habitude, c'est-à-dire prendre une vraie douche, avec gel douche, shampooing et sans maillot. Je ne suis pas très pudique, mais Ça aurait quand même été mieux dans le vestiaire des femmes. VDM

Aujourd'hui, je suis monté voir la voisine pour lui demander d'éviter de marcher avec ses talons sur le parquet, car la résonance trouble le sommeil de mon gamin. Elle m'a répondu qu'elle allait faire ce qu'elle pouvait. C'est lorsqu'elle a refermé la porte que j'ai vu sa jambe de bois. VDM

Aujourd'hui, j'ai présenté mon amoureux à mes parents, et au moment de regarder les photos de la famille sur l'ordi, on arrive sur un gros plan de ma mère seins nus. VDM

Aujourd'hui, ou plutôt hier, je me suis fait recaler par une fille avec qui je voulais sortir. Son excuse était : « J'ai pas envie que tu passes à côté d'autres filles par ma faute. » VDM

Aujourd'hui, je me rends avec une amie dans un magasin. Après divers essayages, je décide de ne garder que deux jeans sur cinq. À ce moment-là, la vendeuse, fort sympathique, me tend la main, que je serre... Elle voulait juste récupérer les autres pantalons. VDM

Aujourd'hui, le mec sur lequel j'avais flashé m'a enfin embrassée. Résultat ? Son baiser est digne d'un poulpe. Le mythe tombe. VDM

Aujourd'hui, premier rendez-vous galant avec Lucie, Paris, place de l'Opéra. Nerveux comme pas deux, je parle en faisant de grands gestes. Et dans la foulée, je décoche un uppercut en plein plexus solaire à une mémé de 75 ans. Elle a mis 25 minutes à s'en remettre. Je pense qu'avec Lucie c'est mort. VDM

Aujourd'hui, j'ai joué la finale d'un tournoi de tennis de table, tous les joueurs éliminés suivent le match. Après avoir brillamment gagné, je vais pour serrer la main de mon adversaire, il ne bouge pas… Ce n'était que le premier set. VDM

Aujourd'hui, j'ai pris le bus. J'étais tranquille jusqu'à ce qu'une femme âgée me dise de m'asseoir. Sur le coup, je comprends pas. Puis je remarque qu'elle regarde mon ventre avec insistance. Elle pensait que j'étais enceinte. Je suis juste un peu ronde. VDM

Aujourd'hui, à la fac, je vais aux toilettes entre deux cours. Il fait très noir. Pris dans une pulsion, je fais l'agent secret en longeant les murs et en me servant de mes mains comme un revolver… Revolver que je pointe sur un gars de ma classe qui explose de rire et le raconte à tout le monde. VDM

Aujourd'hui, j'ai dû passer chez IKEA. J'ai eu la bonne idée, ce matin, d'enfiler une chemise jaune. On m'a interpellé une bonne quarantaine de fois pour des Markus, Gulliver et autres. VDM

Aujourd'hui, enfin hier, une collègue me dit que je ressemble beaucoup à un acteur qu'elle adore, mais dont elle a oublié le nom. Flatté, je fais le beau toute la journée. À la pause-café, le nom lui revient : le mec qui joue Mister Bean. VDM

Aujourd'hui, une jolie cliente vient payer son achat et émet soudain une série de bruits ressemblant à des éternuements retenus. Trouvant cela mignon, je lui dis gentiment : « À vos souhaits, mademoiselle. » Ça recommence, et entre deux bruits, elle lance : « Désolée, j'ai un TOC. » VDM

Aujourd'hui, le prof d'anglais rend la copie du dernier DS. J'ai éclaté de joie en apercevant le 17 en haut de la feuille, avant de me rendre compte que c'était noté sur 40. VDM

Aujourd'hui, comme hier, je travaille en Irlande. Je passe quelques jours en France et rencontre une charmante jeune fille dans l'avion du retour. Nous échangeons nos numéros. Mon dernier SMS lui propose de « discover the fist » au lieu de « discover the first ». VDM

Aujourd'hui, enfin il y a quelque temps, j'ai envoyé ma photo à un casting pour un catalogue de coiffure-maquillage. J'ai reçu une réponse négative, avec la proposition d'un second casting pour du relooking. VDM

Aujourd'hui, quelqu'un est venu vers moi dans la rue et m'a gueulé dessus : « Sale tubercule de Malbranque qui ne passe jamais les Kardfinals ! » Un de ses potes a répondu : « Kamoulox ! » J'ai eu peur. VDM

Aujourd'hui, enfin hier, je vois mon neveu jouer avec un masque de sorcière vraiment très laid. Je le lui prends et le mets pour lui faire peur. Les seules fois où il sursautait, c'était quand je retirais le masque. VDM

Aujourd'hui, je me suis souvenu d'une conversation avec une très bonne amie. « Il est pas mignon ce joueur de foot ? — Je peux pas te dire, je suis pas homo. — Ah, ben fallait me le dire, je t'aurais présenté des amies… » VDM

Aujourd'hui, j'ai rencontré le père d'un pote qui tenait un gros bouquet de fleurs. Je lui dis en rigolant que la Saint-Valentin est déjà passée. C'était une gerbe pour un enterrement. VDM

Aujourd'hui, ou plutôt y a 2 jours, j'ai écrasé accidentellement un chat dans ma rue… Tous les voisins le cherchent. Il s'appelait « boulette », et tout le monde l'aimait bien, même moi. VDM

Aujourd'hui, j'ai ramené un copain à la maison et j'ai voulu le présenter à mon père. Ne le trouvant pas, j'ai alors cherché dans toute la maison. « Papa ??? Papa ??? » Et là, venant des toilettes, la grosse voix de mon père a rugi, tout en poésie : « JE CHIE ! » VDM

Aujourd'hui, je vais demander à la fille de l'accueil de l'hôtel où je me trouve en Angleterre où se trouve la station de métro la plus proche. Je fais mon beau gosse en anglais… Elle me donne une feuille avec la liste des opticiens du quartier. VDM

Aujourd'hui, mon petit copain m'a appelée « maman ». Au secours !… VDM

Aujourd'hui, j'ai vu mon voisin de 52 ans se masturber allégrement par la fenêtre de ma chambre. Il a vu que je l'ai vu… Il vient manger avec toute sa petite famille le week-end prochain. VDM

Aujourd'hui, ou plutôt il y a quelques mois, mon moniteur d'auto-école m'appelle pour fixer un rendez-vous de leçon de conduite. À la fin de la discussion téléphonique, je lance un « bisou » avant de raccrocher. VDM

Aujourd'hui, mon copain m'a dit que j'ai encore parlé pendant la nuit, sauf que cette fois-ci, il m'a entendue aboyer. VDM

Aujourd'hui, ma copine rentre avec des nouveaux préservatifs : Manix Endurance avec gel anesthésiant à effet retardateur… VDM

Aujourd'hui, mon homme m'annonce qu'il est prêt à être père. Je tentais de lui expliquer toute la joie que je ressentais, quand il me coupa, puis enchaîna sur un sourire, et lança un bon gros « poisson d'avril ! ». Je pense attendre encore une semaine avant de lui dire que je suis enceinte. VDM

Aujourd'hui, en physique, j'ai dit « cunnilingus » au lieu du « cumulonimbus ». VDM

Aujourd'hui, j'ai eu une évaluation de 100 mètres haies. À l'arrivée, la prof me dit : « C'est mauvais ! Comment tu feras si les flics te courent après ? » Je suis Tunisien. VDM

Aujourd'hui, j'ai rencontré un garçon. Je lui ai dit : « Si tu es gay ou si tu as une copine, arrête-moi tout de suite. » Il m'a répondu qu'il était hétéro et célibataire, avec un grand sourire. Ce à quoi il a ajouté, alors que je me réjouissais : « Mais pas intéressé. » VDM

Aujourd'hui, au marché, un petit garçon passe à ma caisse, me pointe du doigt et dit à son père : « Elle est belle, la dame ! » Et son père de répondre en roulant des yeux : « Il en dit, des conneries, dans une journée, ce gosse… » VDM

Aujourd'hui, je viens de me rappeler que les photos érotiques que j'ai prises avec mon ex, il y a plusieurs mois, n'ont jamais été effacées de l'appareil de son père. VDM

Bon, Chéri, tu la prends, ta photo, avant qu'on aie une crampe ?...

Aujourd'hui, j'essayais de joindre mon chef sur son téléphone. Au bout de cinq sonneries je dis : « Mais il va répondre, cet enculé ?! » À ce moment-là, j'entends : « L'enculé vous écoute… » VDM

Aujourd'hui, je vais chez le médecin à cause de douleurs au ventre. Il me dit qu'il veut me faire un prélèvement pour voir si je suis enceinte ; je me déshabille donc (tout le bas) et m'allonge sur la table. C'est là qu'il se retourne, me voit, et explose de rire. Il voulait juste me faire une prise de sang dans le bras. VDM

Aujourd'hui, j'ai présenté un projet en conférence téléphonique à vingt personnes. Un quart d'heure après un discours passionné et enflammé, je propose un « tour de table » pour les réactions. La ligne était coupée depuis 10 minutes, et personne n'a réussi à me prévenir, car ça sonnait occupé à mon bureau. VDM

Aujourd'hui, la piètre cuisinière que je suis a réussi à faire un gâteau pour un repas de famille. Mon petit frère, cuisinier, goûte, semble surpris, mange toute sa part et se ressert en disant : « Putain, elle est vachement bonne ta tourte au roquefort ! » C'était un gâteau au yaourt. VDM

Aujourd'hui, j'étais sous la douche, quand soudain quelqu'un sonne à la porte. J'attrape une serviette, me couvre bien les seins et ouvre. C'était mon voisin, il me dit : « Euh, ta serviette s'arrête à ta taille… » VDM

Aujourd'hui, j'étais aux toilettes, quand je reçois enfin l'appel d'une fille que je désire. Je stoppe donc le largage et prends l'appel. Mon père, en passant, ne trouve rien de mieux à dire que : « Quand t'es aux chiottes, on le sent de loin ! » VDM

Aujourd'hui, j'ai pris le Thalys Pays-Bas - France, mon voisin qui parlait néerlandais puait l'alcool ; une amie m'appelle, je lui dis que j'en peux plus de l'odeur. Une heure plus tard, l'homme me demande dans un français parfait si je peux lui passer son sac. VDM

Aujourd'hui, j'accompagne une femme au tribunal pour éviter son expulsion locative, je suis son assistante sociale. Au moment de me présenter à la juge, elle me hurle dessus : « Vous n'êtes pas à l'école ?!!!! » Elle m'a prise pour la fille de la dame, la salle d'audience était pleine à craquer. VDM

Aujourd'hui, dans la rue, un jeune homme séduisant à tomber s'avance vers moi. Il me demande : « Excuse-moi, aurais-tu des feuilles, par hasard ? » Fière, et avec mon plus beau sourire, je réponds : « Oui, bien sûr ! Petits ou grands carreaux ? » Le jeune homme me fixe, ahuri, puis s'en va sans un mot. VDM

Aujourd'hui, j'étais chez moi au téléphone avec une dizaine d'interlocuteurs d'une entreprise internationale. Soudain, ma mère décroche un autre combiné et me dit : « Mon doudou, t'as bientôt fini ? J'ai besoin du téléphone. » La conférence était en français. VDM

Aujourd'hui, je voulais faire peur à ma petite femme en me cachant derrière une porte, puis surgir tel un zombie. Elle m'a dit : « Arrête, il y a ton ventre qui dépasse. » VDM

Aujourd'hui, pendant mon cours de conduite, j'ai fait un pet silencieux. Content de l'avoir fait discrètement, ma joie retombe lorsque je sens une odeur nauséabonde envahir la voiture. Ma monitrice a fait mine de rien et a ouvert la fenêtre. VDM

Aujourd'hui, premier jour de boulot dans une agence de Barcelone. Je tente d'expliquer à mon patron que j'habite en coloc' avec un « couple » de Vénézuéliens. Au lieu de *pareja* je dis *pajera*. Tous les yeux se lèvent sur moi. J'ai vérifié, *pajera*, ça veut dire « masturbation ». VDM

Aujourd'hui, je sors de mon boulot dans le 15e et veux rentrer chez moi en Velib' dans le 5e, pour me prouver que je connais bien Paris. Une heure après, je suis revenue sur mes pas malgré les indications de mon copain. Je suis rentrée en métro. VDM

Aujourd'hui, je vais chercher ma copine par surprise. Je la vois arriver au bras d'un mec. Je me précipite, l'attrape et lui dis : « Salut, tu me présentes pas ton super pote ? » Elle, froidement : « Si, je te présente mon pote, Laurent. » C'est là que je l'ai vue… la canne blanche de Laurent. VDM

Aujourd'hui, le modèle nu que l'on doit dessiner (je suis dans une école d'arts) pose allongé sur un socle. Tout se passe bien jusqu'à ce qu'elle éternue et laisse échapper un pet, alors que ses fesses étaient tournées vers les élèves. Fou rire général pendant l'heure de cours restante. Pour elle, VDM

Aujourd'hui, mon copain était dans la salle de bains. Je vais pour lui faire une gâterie, et là, il me dit : « Euh, non, je préfère me laver les dents ». VDM

Aujourd'hui, je suis allé au ciné avec une fille. Elle a passé toute la séance la tête sur mon épaule, sa main dans la mienne. J'ai tenté ma chance à la fin de la séance, et elle m'a dit : « Je savais que t'allais me demander quelque chose comme ça, mais je préfère que l'on reste amis. » VDM

Aujourd'hui, un collègue est venu au boulot avec une cravate HORRIBLE. Je lui demande comment il ose porter ça, et il répond : « C'est tout ce qu'il me reste de mon père. » Après quelques secondes, durant lesquelles je me sentais super mal, il éclate de rire et me dit que c'est un cadeau de sa fille. VDM

Aujourd'hui, je suis dans un bar assez branché et je vais aux toilettes. Installée sur le trône, j'en profite pour me mettre les doigts dans le nez. J'avais oublié de tirer le verrou et les toilettes donnaient directement sur la salle bondée. Quelqu'un a ouvert la porte. VDM

Aujourd'hui, je suis arrivée au ciné alors que la salle était déjà noire. Je demande à un jeune homme assis entre deux places vides : « Il y a quelqu'un ici ? », en montrant la place de gauche. Interloqué, il répond, en me montrant la place de droite : « Ici, non. » À sa gauche, il y avait sa copine noire. VDM

Aujourd'hui, j'ai rendez-vous avec mon kiné, qui est trop beau et sur lequel j'ai littéralement craqué ! On fait des exercices, et il me demande de pousser (sur mes jambes), et là je pousse... et lâche une caisse ! Je suis grillée à vie, je refuse d'y retourner. VDM

Aujourd'hui, c'était mon anniversaire. J'ai eu 21 ans, puceau. Hier soir, mes deux meilleurs amis sont venus avec une fille que je ne connaissais pas. Très gentille, très ouverte, et paf, ma première fois. Je déboule le lendemain matin et je crie « je suis un homme ! », ce à quoi ils me répondent « tu nous dois 150 euros » avec un sourire narquois. VDM

Commentaires des internautes :

- ***VDM parce qu'ils te font payer ton cadeau d'anniversaire, les gredins.***
- ***Iiil est des nôôôtres, il a tiré son coup comme les auuuutres… :-)***

Aujourd'hui, je me suis rendu compte que ce matin j'avais laissé ouvert le tiroir de ma table de chevet. Dedans : le vibro que mes amies m'ont offert pour mes 18 ans et que j'ai utilisé hier soir. Quand je suis rentrée de cours, le tiroir était fermé. Ma mère n'osait pas me regarder au dîner. VDM

... Attends, là ...
Que MOI, je ferais
QUOI avec tes fringues ?!...

Aujourd'hui, en cherchant un fichier sur le disque dur de mon copain, je tombe sur les photos d'une fille un peu dénudée qui porte mes vêtements et sous-vêtements, dont la tête n'est pas cadrée et qu'on voit mal. Quand je lui demande des explications, je comprends qu'il ne s'agit pas d'une autre fille, mais de lui. VDM

Aujourd'hui, ma prof de philo me demande ce que font mes parents. Après lui avoir répondu qu'ils sont femme de ménage et chauffeur de bus, elle me rétorque : « Mais... Pourtant, vous êtes intelligent... » VDM

Aujourd'hui, en allant faire des photos d'identité pour des dossiers de candidature, je me retrouve à dire au photographe, à qui je n'avais pas précisé l'objet des photos : « En gros, la photo doit dire : "Prends-moi." » J'ai réalisé trop tard. VDM

Aujourd'hui, je suis allé sur Viedemerde.fr avec mon petit cousin, sur l'ordinateur du salon, pendant un repas de famille. Après seulement 30 secondes, il me demande : « C'est quoi "en levrette" ? » Toute la famille s'est retournée vers moi... VDM

Aujourd'hui, j'éternue en cours. Hélas, tout ce qui était dans mon nez sort et tombe dans ma main. Évidemment, toute ma classe a compris mon souci et me regarde. Le prof ajoute : « Un accident est si vite arrivé. » Fou rire général. VDM

Aujourd'hui, je change la caisse d'une blonde trop belle du McDo. Manque de pot, le tiroir bien à la hauteur de mes bijoux de famille s'ouvre violemment et je me retrouve plié en deux. Le pire, c'est qu'elle ajoute : « Ça va moins bien marcher maintenant. » Et ce devant une trentaine de clients morts de rire. VDM

Aujourd'hui, en amphi, je dois présenter un PowerPoint que j'avais trouvé bien chiant à faire. Le projecteur est en marche, toute la classe me voit fouiller sur ma clé USB, et je réalise que je n'avais pas changé le nom du document… qui s'appelait « Soutenance de merde ». VDM

Aujourd'hui, je suis allée chez Décathlon pour acheter une paire de baskets. Le vendeur, très mignon, me demande de m'asseoir pour essayer les chaussures. Ma langue a fourché : j'ai dit « je n'ai pas de culotte » au lieu de dire « je n'ai pas de chaussettes ». VDM

Aujourd'hui, à la fac, je cours sur 100 mètres pour attraper le tram que je voyais arriver au loin. J'entends derrière moi des exclamations dont je ne me formalise pas, je suis en retard. Je découvre bien plus tard que ma jupe s'était relevée dans le dos et coincée derrière mon sac. J'étais en string. VDM

Aujourd'hui, je rencontre un ancien professeur, parti depuis à la retraite. Moi je termine ma dernière année d'études. À la fin de notre conversation, il me souhaite « bonne fin d'études ». Sans réfléchir je lui lance un rapide : « Bonne fin de retraite. » VDM

Aujourd'hui, j'allais chez Décathlon pour me procurer un accessoire de pêche. Je le trouve pas et demande à une vendeuse : « Bonjour, mademoiselle, je voudrais une turlutte s'il vous plaît (c'est le nom de l'accessoire recherché). » Éclat de rire général de la vendeuse et de l'entourage immédiat. VDM

Aujourd'hui, j'apprends que je suis muté à 500 kilomètres. Je ne sais pas comment annoncer la nouvelle à mes parents, qui viennent de déménager pour se rapprocher de moi. Je me lance : « Papa, maman, j'ai une nouvelle délicate à vous annoncer. » Ma mère me coupe : « J'étais sûre que tu étais gay. » VDM

Commentaires des internautes :

- ***Eh ben, après ça, 500 kilomètres, ça ne paraît pas beaucoup !!***
- ***Alalaaa, les parents, ils ont le démon !!!***

Aujourd'hui, je suis conseillère municipale, et j'ai très gentiment invité, au micro, une salle pleine à craquer de politiciens locaux et de concitoyens à venir me rejoindre pour un pot final dans la « salle des fesses » de l'autre côté de la rue. VDM

Aujourd'hui, je servais à un mariage. Avec un plateau de coupes de champagne, je m'arrête à la table d'honneur où la mariée hésite à en prendre une. Je lui dis : « Madame, on ne se marie qu'une fois… » Fou rire général à table et regard noir des mariés. Sa sœur m'annonce : « C'est son troisième mariage. » VDM

Aujourd'hui, je faisais passer des oraux d'examen à l'UFR. Une de mes étudiantes, une fille sublime, prépare son oral devant moi dans une salle surchauffée. Elle porte un petit haut blanc très décolleté qui souligne à merveille sa magnifique poitrine. J'ai eu une érection. Elle l'a vue. VDM

Aujourd'hui, j'étais en Inde. À l'aéroport, les hommes et les femmes sont fouillés séparément. Le mec qui nous a accueillis m'a envoyé chez les femmes. J'ai dû lui expliquer que je suis un mec. Ça m'a pris 15 minutes. VDM

Aujourd'hui, je présente un PowerPoint devant le comité de direction. Mon Outlook est en veille, et en pleine présentation, une petite fenêtre d'alerte e-mail apparaît sur l'écran avec pour objet « Notre réponse à votre candidature de directeur marketing ». VDM

Commentaires des internautes :

- ***J'espère que la réponse a été positive, au moins ! lool***
- ***J'pense qu'on peut comparer ça au fait que ta femme se mette à draguer en ta présence… Elle est techniquement avec toi, mais n'attend qu'à tomber sur mieux pour se barrer en vitesse.***

Aujourd'hui, je fais une surprise à mon chéri en rentrant chez moi plus tôt que prévu. Je me rends compte qu'il a préparé un dîner lui-même, accompagné de champagne et de roses. Tout émoustillée, je pars le retrouver dans la cuisine, c'est alors qu'il me fait : « Tu ne devais pas ne rentrer que demain ? » VDM

Aujourd'hui, mon copain a profité de mon sommeil profond pour me faire des tatouages Malabar sur tout le corps. Il est 8 h 16, j'arrive pas à les effacer et j'ai rendez-vous à 9 heures pour une série d'examens de santé à l'hôpital. Une bonne partie du personnel va profiter de mes tatouages de pirates. VDM

Aujourd'hui, ayant mal à la gorge, je me décide à aller acheter des pastilles à la pharmacie. Mon pharmacien me fixe et me demande alors simplement : « Vous préférez sucer ou croquer ? » Je dois bien être restée 5 minutes bouche bée, et j'ai eu un fou rire insoutenable en sortant de la pharmacie. VDM

Aujourd'hui, je participe à un de mes nombreux cours de langue des signes entre midi et deux, au lycée. C'est une sourde et muette, Joëlle, qui nous fait cours. Elle me demande quel genre de musique j'aime écouter. Je lui dis : « J'aime le rock et la variété, et toi, t'écoutes quoi ? » VDM

Aujourd'hui, mon épouse a invité son patron et sa femme à dîner. Durant le repas, après avoir pris une gorgée de vin, je m'indigne et m'excuse pour sa piètre qualité : « Ne buvez pas ça, je vais chercher une autre bouteille. » Pas de bol : le vin en question avait été apporté par nos invités. VDM

Aujourd'hui, je suis allé faire les courses avec ma mère et je me suis séparé d'elle un petit instant pour aller dans le rayon parfums… quand j'entends au micro : « Le petit J est attendu à l'accueil par sa maman, le petit J, merci. » J'ai 20 ans. VDM

Commentaires des internautes :

- ***… t'as encore le siège auto ? Ça va, tu manges seul ? Si j'étais toi, je fuguerais…***

Aujourd'hui, dans l'ascenseur, je laisse échapper un pet. Pas un bruit, mais une odeur immonde ! Les portes s'ouvrent, une jeune femme entre. Je vois que l'odeur l'importune, je suis rouge de honte… Elle : « Vous avez un rendez-vous ? » Moi : « Oui avec Mme X. » Elle : « C'est moi… » VDM

Aujourd'hui, j'étais dans un vol transatlantique avec des boules Quies dans les oreilles. Le steward passe avec un sac plastique. J'y jette mes crasses et je ne comprends pas pourquoi il me dit : « Very funny, sir… » C'était pas une poubelle, il récoltait de l'argent pour l'Unicef. VDM

Aujourd'hui, j'étais en boîte avec des amies. Là-bas se trouvait l'homme de mes rêves. Je savais que je lui plaisais et j'ai donc décidé de foncer. Je me dirige vers lui et lui dis : « Tu dirais quoi si je te disais que tu me plais beaucoup ? » Il me répond : « Je te dirais que j'ai besoin d'aller pisser, là ! » VDM

Aujourd'hui, ma superbe collègue de travail qui a une jambe dans le plâtre me dit tout naturellement : « Au fait, tu pourrais pas venir me tondre la pelouse demain et me faire les bordures ? » Je suis resté 5 minutes à la fixer, mais je crois que j'ai l'esprit mal tourné. Elle non. VDM

Aujourd'hui, je suis malade. Mon boss m'appelle pour une urgence au boulot et me demande mon mot de passe d'ordi pour récupérer un mail important. Pas le choix, je lui donne. Mon mot de passe est « job2merde ». VDM

Aujourd'hui, j'ai souhaité un bon retour à la maison à un vieux patient de plus de 90 ans. Il m'a répondu que si j'avais besoin de quoi que ce soit je devais l'appeler. Je lui ai demandé ce qu'il entendait par là. Il se dit prêt à satisfaire tous mes désirs. VDM

Aujourd'hui, mon copain m'invite à manger. Je pensais à un truc sympa, j'ai eu droit à un tête-à-tête avec sa famille réunie au grand complet. À la fin, mon copain me raccompagne, hyper heureux, à la porte, et c'est là que son cousin lâche : « Elle a pas l'air si chiante qu'il le disait... » VDM

Aujourd'hui, je suis au restaurant avec mes parents, et il y a un serveur trop beau. Je le mate, et quand mon père le remarque, il se met à le regarder aussi. Le serveur arrive et demande s'il y a un problème. Réponse de mon père : « Non, je voulais savoir la tête que vous aviez, ma fille vous regarde depuis 10 minutes. » VDM

Aujourd'hui, je prenais tranquillement mon bain, quand je sens quelque chose tomber sur mon omoplate. Je regarde et devine des énormes pattes d'araignée noires. Je hurle à la mort et me frappe le dos : rien. Dans un état d'hystérie avancée, je me jette violemment contre le mur. C'était mes cheveux. VDM

Aujourd'hui, j'ai trouvé ma mère en train de pleurer. Je lui ai demandé quel était le problème, et elle m'a répondu : « C'est ton père, il veut divorcer... » Je lui ai demandé s'il avait rencontré une autre femme, et ma mère m'a dit : « Non, pas une femme... » VDM

Aujourd'hui, j'ai envoyé un SMS à un mec qui me plaît : « Cher Père Noël, je voudrais être amoureuse. » Ce à quoi il m'a répondu : « Attends Noël prochain… » VDM

Aujourd'hui, je me suis précipitée dans la queue au self. Je vois que le surveillant rigole et je comprends alors que c'est une serviette hygiénique que j'essaye de faire passer à la place de ma carte de cantine. VDM

Aujourd'hui, je mange chez ma belle-famille. Mon copain laisse échapper un rot à table. J'ai pas pu m'empêcher de dire devant ma belle-famille, médusée : « Sérieusement, t'as été élevé où ? Chez les porcs ? » VDM

Aujourd'hui, je fume depuis plus d'un an, et mes parents ne le savent pas. Hier, j'étais à une soirée plutôt alcoolisée. Ce matin, la tête dans le pâté je me lève, je m'assois pour le petit déjeuner avec mes parents, et j'allume une clope par réflexe… VDM

Aujourd'hui, j'ai passé la soirée avec mon épouse chez un groupe d'homos, des amis à elle. L'un d'eux me sert un verre de whisky qui me semblait un peu court. Sans faire attention je lui dis : « C'est quoi cette dose de tapette ? » VDM

Commentaires des internautes :

- ***Il m'est arrivé la même chose que toi. Depuis, je parle de « dose de trappeur » ; d'ici que j'en croise un, je prends très peu de risques.***

Aujourd'hui, je revois mon copain pour la première fois depuis un mois. Pour l'occasion, je me fais le maillot en forme de cœur, pour être coquine. Après un petit strip-tease de rigueur, il me lance : « Oh, c'est le signe de Batman ! » VDM

Aujourd'hui, c'est l'anniv'de ma copine. J'ai invité ses amis chez elle pour lui faire la surprise. Vers 20 heures, la porte s'ouvre, et on entend une voix de mec : « J'ai trop envie de toi ! » Ma copine lui répond : « On va fêter ça tous les deux, ce connard a oublié mon anniversaire et est parti voir le foot avec ses potes ! » VDM

Aujourd'hui, mon père m'a fait la surprise de déplacer mon lit (le démonter et le remonter) dans ma nouvelle chambre, car je ne trouvais pas l'orientation adéquate. Il a également pris soin de remettre à sa place mon vibromasseur qui était caché entre le matelas et le sommier. VDM

Eh bien tu t'es fait des films, voilà !
Je ne suis pas une fille facile, figure-toi !

Aujourd'hui, je suis au resto pour dire à un gars que je ne partage pas ses sentiments. Mon tél sonne, je le sors de mon sac, le porte à mon oreille, et paf, mon string de la veille, que j'avais mis dans mon sac, accroché à l'antenne de mon portable, vient se claquer sur mon visage. VDM

Aujourd'hui, j'avais un important entretien. Sur le chemin, je m'arrête devant le reflet de la vitre d'une voiture pour voir si je n'avais pas de feuilles de salade coincées entre les dents. Après moult grimaces, je m'aperçois qu'il y a deux filles mortes de rire à l'intérieur de la voiture. VDM

Aujourd'hui, en début d'examen, ma voisine me fait remarquer que la colle qu'on lèche sur le papier pour cacher notre nom sur la copie a un mauvais goût. Sans arrière-pensées, je clame fort : « Moi, je lèche pas, je mets le doigt ! » Grand moment de solitude quand vingt personnes se sont retournées vers moi. VDM

Aujourd'hui, je pense être dans les embouteillages, bloqué depuis 10 minutes à un feu, je m'impatiente... quand je me rends compte que je suis derrière une file de voitures vides garées en double file. VDM

Aujourd'hui, je vais acheter un nouveau portable avec ma mère et ma sœur. Quand la vendeuse, vraiment charmante, me demande « vous avez un code PIN ? », je comprends mal, me sens rougir et lui réponds « non, j'ai pas de copine » avec un sourire niais. Hilarité de la vendeuse, de la famille. Honte. VDM

Aujourd'hui, j'appelle mon ex pour lui demander si je peux venir chez elle récupérer mon pyjama. Elle me répond : « Je le garde au cas où... — ... Au cas où quoi ? — Au cas où j'aurais envie de me déguiser en connard. » VDM

TROP INJUSTE

Autour de nous, il y a des candides qui s'en prennent arbitrairement plein la figure, avec parfois même une deuxième couche. On voudrait bien les encourager, leur dire « c'est pas grave »... Sauf qu'on est pris de vitesse par le fou rire, et ça c'est pas bien.

Aujourd'hui, ma souris était tombée dans la cuvette des toilettes accidentellement. En essayant de la repêcher, mon téléphone est tombé sur la tête de la souris, les deux sont morts. VDM

Aujourd'hui, j'ai appelé une copine pour discuter, et elle m'a répondu : « Nan mais faut pas que tu t'inquiètes, je vais mieux, mais là je suis pressée, donc à plus tard. » L'idée que moi je pouvais avoir un truc à lui dire l'a même pas effleurée. J'ai une maladie grave. VDM

Aujourd'hui, en cherchant sur Youtube une interprétation du morceau que je joue au piano, je tombe sur la vidéo d'une Asiatique qui le joue 100 fois mieux que moi. J'ai suivi des cours pendant plus de 10 ans. Elle a 5 ans. VDM

Aujourd'hui, j'ai été réveillé par une fille brune plutôt jolie et à moitié déshabillée dans mon lit. Deux minutes plus tard, mon réveil a sonné, et je me suis réellement réveillé. VDM

Aujourd'hui, je me suis réveillé 2 heures en avance à cause du rap à donf de mes voisins. Puis je suis arrivé au boulot, l'ascenseur était en panne. Il n'y avait plus de café. À l'épicerie du coin, le paquet est à 4,95 €. En mangeant mon croissant, je me suis mordu la langue. Je saigne. VDM

Aujourd'hui, mes parents ont fait la morale à mon petit frère de 17 ans pour être sorti avec trois filles majeures en même temps. J'en ai 21 et je suis toujours puceau. VDM

Commentaires des internautes :

- ***Demande à ton frère de te sponsoriser.***
- ***Julio, c'est toi ?***

Aujourd'hui, j'ai avoué à mon meilleur ami que j'étais homosexuel. Il m'a cassé la gueule et a téléphoné à tout le monde pour le dire. VDM

Aujourd'hui, j'ai voulu me dépêcher pour répondre au téléphone, je me suis tapé le genou dans un meuble, j'ai lâché « merde » au téléphone sans le vouloir... Ma nana m'a raccroché au nez en me traitant de connard. VDM

Aujourd'hui, je marchais dans la rue. J'ai pas fait gaffe, et un camion de livraison m'a roulé sur le pied gauche. Fracture du pied, alors que l'on venait à peine de m'enlever le plâtre dû à une même fracture, 3 mois auparavant. VDM

Aujourd'hui, je me rends compte que j'ai oublié ma carte d'identité dans la photocopieuse à la poste. J'appelle, ils me disent qu'ils l'ont renvoyée à la préfecture. J'appelle la préfecture, ils me disent qu'ils l'ont détruite. Je suis censé passer le permis de conduire demain. VDM

Aujourd'hui, 2 h 23, ma copine vient de m'appeler, bourrée, d'une soirée où elle est la seule fille. Elle a l'air de bien s'amuser. VDM

Aujourd'hui, j'ai enfin réussi à inviter la fille qui me plaisait depuis un bout de temps, et elle a ajouté : « C'est cool, comme ça je pourrai te présenter mon nouveau copain. » Résultat, dîner aux chandelles avec le couple et une envie de m'ouvrir le ventre. VDM

Aujourd'hui, enfin hier soir, le mec dont je suis croque depuis des mois a tapé un bad trip sévère. C'est là que j'ai compris qu'il était vraiment raide dingue de ma meilleure amie, qui s'en fout totalement. J'ai passé la nuit à le réconforter, alors qu'il me répétait qu'elle était magnifique. VDM

Aujourd'hui, mon chef m'apprend le projet de licenciement de mon collègue de gauche en m'indiquant en détail mon nouveau statut pour ma promotion. Au café, 5 minutes avant, j'acceptais d'être son témoin de mariage. VDM

Aujourd'hui, j'ai été cambriolée. Mon appart' a été ravagé. Le flic venu relever les empreintes a essayé de choper mon numéro et de me filer rencard, le serrurier a fait pareil, et le flic chargé de l'enquête m'a laissé son MSN en me disant que les Asiatiques sont décidément des bonnasses. VDM

Aujourd'hui, ma mère vient me récupérer, j'ai passé l'après-midi sur mon skate. J'ouvre la portière, je rentre ma planche, ma jambe gauche et… ma gentille maman démarre en trombe. Ma jambe se traîne à 30 km/h sur la route. Ma mère freine à fond, je me prends la portière et je suis assommé. VDM

Aujourd'hui, mon mec me dit que c'est un jour important. Je lui réponds que je sais, mais il rétorque que c'est impossible. Après de nombreux « dis-le en premier », il me dit tout fier que Benzema est remplacé par Trezeguet en équipe de France de foot. C'est l'anniversaire de notre rencontre. VDM

Commentaires des internautes :

- ***Je compatis... avec ton mari. C'était un jour important pour moi aussi !***
- ***Plaque-le. Et au fait : faut pas sortir avec des supporters.***
- ***En une phrase... « Pas de sexe ce soir !! »***

Aujourd'hui, j'étais en vacances en Bretagne, quand le syndic de mon immeuble parisien m'appelle, me disant qu'il y a une grosse fuite d'eau chez moi. Je rentre de vacances avec cinq jours d'avance et trouve ma porte défoncée... pour rien. La fuite venait pas de chez moi. VDM

Aujourd'hui, j'ai 30 ans. Il y a 10 ans je fêtais déjà mes 20 ans avec mon meilleur ami. J'étais déjà amoureuse de lui. Il était déjà homo. VDM

Aujourd'hui, j'ai, toutes les 2 minutes, des flatulences qui ont une odeur proche de l'irrespirable. Et dans une heure je serai au cinéma avec la fille que j'aimerais séduire. VDM

Aujourd'hui, je suis allé retirer de l'argent au distributeur, et la fille qui était devant moi a oublié son argent. VDM pour elle

Aujourd'hui, j'ai avoué à mon père que j'étais lesbienne. Le seul truc qu'il m'a dit, c'est : « Ça ne m'étonne pas, toutes les lesbiennes sont moches... » VDM

Aujourd'hui, j'ai dû payer une amende de 375 euros, vieille d'un an, au Trésor public. Ils n'avaient pas envoyé les rappels à la bonne adresse. En plus de ça, je n'avais que 315 euros sur mon compte. Et le pire, c'est que j'avais mon titre de transports sur moi quand je me suis pris l'amende. VDM

Aujourd'hui, ma mère a encore entonné son couplet sur « l'homosexualité, c'est contre nature, ça ne devrait pas exister, les homos sont anormaux ». Elle ignore que je suis lesbienne. VDM

Aujourd'hui, j'ai voulu faire plaisir à mon chat en lui achetant des croquettes de marque. Il s'est étouffé avec. VDM

Minou ?
... Tu... Tu dors ?...
MIAOU

Aujourd'hui, je cours pour avoir mon train, les portes se ferment devant moi. Je change de quai pour avoir le train suivant et me casse la gueule dans les escaliers. VDM

Aujourd'hui, mon neveu de 20 ans a une soirée déguisée prévue samedi. Le thème est « Un personnage qui commence par un C ». Il m'appelle et me sort : « Tata, pour ma soirée, j'ai eu l'idée de me déguiser en catin… Je peux t'emprunter tes fringues ? » VDM

Aujourd'hui, ou plutôt hier soir, j'ai pulvérisé de la bombe lacrymogène sur un type qui me suivait… Ce type était canon et voulait me rendre les clés que j'avais fait tomber. VDM

Aujourd'hui, juste avant d'aller en partiel, j'ai cassé mes lunettes sur le chemin menant à l'amphi. Je suis myope et j'ai passé une heure le nez sur la copie pour déchiffrer les questions. C'était un partiel d'ophtalmo… VDM

Aujourd'hui, j'ai renversé la salière sur mes beignets en pensant que c'était du sucre. Ils avaient l'air bon, ces beignets. VDM

Aujourd'hui, un de mes élèves m'appelle : « Madame ! » Je rectifie : « Non, Mademoiselle. » Et là, il me répond : « Ah, personne n'a voulu de vous ! » VDM

Aujourd'hui, je suis au RMI à bac + 12… La joie des chercheurs engagés dans la transdisciplinarité (sciences cognitives, lettres, philo) en France. Finalement, le RMI est la seule vraie boîte transdisciplinaire de ce pays ! Chouette. VDM

Aujourd'hui, j'ai rencontré pour la première fois quelqu'un qui a le même prénom que moi… J'ai 20 ans, et cette personne en a 97. VDM

Aujourd'hui, je me lance enfin et j'avoue à cette fille que je l'aime. Elle me sort un « je peux pas sortir avec toi, on est trop bons copains, désolé ». Je la connaissais à peine. VDM

Aujourd'hui, je vais dans mon bar favori et m'installe en terrasse. Il me reste une cigarette et 2 euros pour mon café. J'allume ma cigarette... qui tombe dans mon café. VDM

Aujourd'hui, un fêlé est entré dans le RER et a commencé à taper sur des gens. Un papy tire la poignée d'urgence. Le cinglé change de rame en hurlant. Station suivante, la police des transports monte et colle une prune au papy pour usage intempestif du frein d'urgence. Ils ont rien voulu savoir. VDM

Aujourd'hui, une fille dans ma classe se retourne et me dit : « Wouah, t'as ta photo sur ta gomme ! La classe ! » Ma gomme est une imitation d'un billet de 10 livres, et l'image, c'est la reine d'Angleterre. VDM

Aujourd'hui, je perds ma carte bancaire. J'appelle ma banque pour faire opposition. Je reçois au même moment un double appel de mon pote que je laisse de côté. Il a retrouvé ma carte. Trop tard. VDM

Aujourd'hui, alors que j'attendais pour traverser la rue, une fille arrive en face. Je la dévisage, elle me dit : « C'est fini, oui ? » Je réponds « si on n'a plus le droit d'admirer les belles femmes... », et elle me répond « quand les mecs sont beaux, ça ne dérange pas ». VDM

Aujourd'hui, conseil de classe. Je demande le numéro de téléphone à la déléguée pour avoir les résultats en live. Elle m'a répondu : « Tu peux t'y prendre autrement pour me draguer ! » Le problème, c'est qu'elle n'est pas si belle que ça et que toute la classe m'appelle désormais « le Chasseur de thon ». VDM

Aujourd'hui, en rentrant des cours, j'ai voulu faire une petite sieste. Il est presque 1 heure du matin, je viens de me lever, j'ai pris mon p'tit déj' et je pète la forme. Demain, ça va être plus dur. VDM

Aujourd'hui, après 9 ans de vie commune, 3 ans de mariage, deux enfants, madame m'annonce qu'elle a un amant. Mais comme ledit amant ne sait pas trop qui choisir entre ma femme et la sienne, la mienne ne sait pas trop que faire non plus. Voilà, moi j'ai plus qu'à fermer ma gueule. VDM

Commentaires des internautes :

- ***La pire chose que tu puisses faire contre son amant, c'est de la lui laisser !***
- ***Va avec la femme de l'amant.***

Aujourd'hui, j'ai fait une fellation à mon amoureux. Une fois l'acte achevé, je l'embrasse, un petit sourire timide aux lèvres. Il me dit, tout simplement : « Tu sens la capote. » VDM

Aujourd'hui, il est 11 h 33, je viens juste de me lever, je suis censé être en examen depuis 8 heures, j'ai passé toute ma journée d'hier à réviser, et mon réveil n'a pas sonné. VDM

Aujourd'hui, je suis allée à l'église avec mon fiancé pour le mariage de mon ex, il a prononcé mon prénom à la place de celui de sa future femme, alors qu'il n'y a plus rien entre nous. Sa femme lui a pardonné, mon copain m'a quittée... VDM

Aujourd'hui, j'ai oublié mes tampons « pour flux abondant » à la maison. Mon équipe de travail est composée d'un homme et de huit femmes. Toutes ménopausées. VDM

Aujourd'hui, j'ai ouvert ma fenêtre comme tous les matins, sauf que cette fois-ci elle s'est décrochée de ses gonds et est tombée sur mes pieds. Il a grêlé dans toute ma chambre le temps que j'aille chercher de quoi la remettre en place. VDM

Aujourd'hui, le jour de nos 2 ans, ma copine me dit : « J'étouffe, on sort pas assez, t'es pas assez romantique, je te quitte. » Il me reste plus qu'à me faire rembourser les deux séjours au Canada, parce que, pour la demande en mariage aux pieds des chutes du Niagara, c'est mort. VDM

Aujourd'hui, enfin hier soir, lors de nos préliminaires, j'ai mis mes jambes autour du cou de mon petit ami. Il les a violemment retirées en s'écriant : « Ah la vache, ça pique ! » Je m'étais rasée la veille. VDM

Aujourd'hui, le mec que j'essaie de mettre dans mon lit depuis des semaines m'appelle enfin… Mon cœur fait des bonds, mais en fait, il voulait juste que je l'aide à choisir un cadeau pour une de nos collègues. Et j'ai compris que c'est avec elle qu'il couche. VDM

Aujourd'hui, j'ai voulu réveiller mon chéri par une… enfin, vous voyez. Ça l'a surpris, je me suis pris un coup de genou dans le ventre. VDM

Aujourd'hui, à la fac, je croise le regard moqueur de mon ex. C'est une fois de trop. Je me précipite sur lui pour lui donner un coup de pied et extérioriser une rupture difficile. Je glisse, j'ai un énorme bleu sur la cuisse et je suis ridicule. VDM

Aujourd'hui, enfin à minuit juste, avant de dormir, ma copine se tourne vers moi et me lâche enfin un « je t'aime », deux mois après que je le lui ai dit. Ému aux larmes, je lui dis « moi aussi », et elle me répond « non... en fait, j'ai dit : j'éteins ». VDM

Aujourd'hui, j'ai fait 5 kilomètres en vélo sous une averse pour imprimer mon CV. Mes freins ont lâché en pleine descente. Pour ne pas rentrer dans une voiture, j'ai choisi de m'écraser dans un mur (heureusement sans dommages). Arrivé à la boutique, je m'aperçois que ma clé USB, elle, n'a pas supporté. VDM

Aujourd'hui, je décide de nettoyer mon appart'à fond. Une fois que c'est fini, je regarde mon petit chiot, il se réveille, s'étire, sort de sa panière et se met à pisser. Je lui crie « non ! », il prend peur et court partout en continuant de pisser. VDM

Aujourd'hui, ou plutôt il y a quelques années, mon copain travaillait à l'étranger. Pour la Saint-Valentin, on sonne à la porte, et je vois un livreur avec un bouquet de fleurs. J'étais trop flattée. J'ouvre, le livreur me dit : « J'peux vous laisser le bouquet de votre voisine ? Elle est absente. » VDM

Aujourd'hui dans la nuit, je me suis fait dévorer par les moustiques, ces petites bêtes sont même allées jusque sous mon plâtre. J'arrive pas à me gratter à cet endroit. VDM

Eeeeh Mario ! T'as vu ce qu'on a à bouffer ?!! Tu dois être trop content, ça va te rendre hyper balèze !
Hin hin

Aujourd'hui, j'ai 13 ans, une moustache, et mes potes me surnomment « Mario ». VDM

Aujourd'hui, ma fille de 9 ans, que j'élève seule, devait faire une rédaction sur la personne de sa famille qu'elle admire le plus. Elle a eu 9/10 en composant un texte très émouvant sur Skippy, son cochon d'Inde. VDM

Aujourd'hui, je m'assois sur un banc à côté de deux gars avec qui j'entame la discussion, je leur raconte ma journée pitoyable, et je commence à me rouler un buzz. Un des gars sort son brassard « police », il était en civil. VDM

Aujourd'hui, ma fille de 18 mois s'est éveillée à 3h30 du mat, pas de couche mouillée, pas de cauchemar, rien du tout. Juste une irrésistible envie de transformer son lit en Macumba Club. Elle s'est rendormie à 6h15, ma femme aussi, moi je vais travailler. VDM

Aujourd'hui, je faisais du shopping, et en voulant continuer à explorer un rayon qui me semblait effectivement bien long, je me suis mangé le miroir censé donner une impression de profondeur. VDM

Aujourd'hui, il est tard et je rentre chez moi. La police m'arrête, pensant que je suis une pute. Ça fait toujours plaisir de porter une minijupe. VDM

Aujourd'hui, j'ai enfin accepté d'accompagner mes collègues à une sortie VTT. Quelqu'un filmait, je me suis pris un arbre, je me suis fait mal, tout le monde s'est foutu de ma gueule au boulot, et la vidéo sera sur Youtube ce soir. VDM

Aujourd'hui, j'ai reçu deux SMS de ma copine. Le premier pour me dire que tout était fini, le second pour me dire qu'elle s'était trompée de destinataire. VDM

Aujourd'hui, je sors d'une soirée bien arrosée en compagnie d'une jolie jeune fille que j'ai rencontrée sur place. On décide de rentrer ensemble en taxi : la nuit promet d'être sympa... Sauf qu'en chemin j'ai dû sortir du taxi pour vomir. Elle a continué en taxi, moi à pied. VDM

Aujourd'hui, ma marraine m'a téléphoné pour me proposer de me présenter quelqu'un qui a 7 ans de moins que moi (j'en ai 28) et qui ne parle pas un mot de français. Il paraît qu'il ne faut pas que je fasse ma difficile, depuis le temps que je suis célibataire. VDM

Aujourd'hui, je rentrais de soirée avec des potes, quand nous avons croisé des professionnelles du sexe. Pour rigoler, nous avons demandé les tarifs, elles nous répondent que c'est 40 euros la passe, et que pour le gros c'est un peu plus cher (50 euros). Le gros, c'était moi. VDM

Aujourd'hui, je me réveille en me disant : « Tiens, ça fait comme quand j'ai envie de vomir. » Ça se confirme, je me penche dans le noir et vomis. « Tiens, ça a pas fait le bruit du vomi sur le parquet ! » C'était le bruit du vomi dans mon sac de cours ouvert avec tous mes cahiers dedans. VDM

Aujourd'hui, j'ai vu devant moi un jeune voler le sac d'une dame âgée et s'enfuir avec. Je cours après le voleur, qui finit par lâcher le sac et s'enfuir. Je ramène aimablement le sac à sa propriétaire, qui le fouille, sort un spray, et me gaze. Ce n'était pas une dame âgée mais une vieille peau. VDM

Commentaires des internautes :

- ***Elle l'a acheté, c'est pour s'en servir !***
- ***Une fois, j'ai voulu aider une vieille dame qui allait monter des escaliers avec un gros sachet de courses, elle s'est mise à hurler que j'allais lui voler...***

Aujourd'hui, à ma grande surprise, un bébé me sourit dans le tram. Étonnée, je lui fais un grand sourire (les enfants ne m'aiment pas). Il enlève sa tétine, fait un grand sourire et me la jette sur la tête. VDM

Aujourd'hui, je prenais tranquillement ma douche quand j'ai vu une énorme araignée sortir de derrière un meuble. J'ai hurlé et je me suis cassé la gueule dans la baignoire. Bilan : une entorse, ma famille qui se fout de ma gueule, et un monstre qui se promène quelque part dans la maison. VDM

Aujourd'hui, en montant dans le train, je vois un gamin de 4 ans sortir avec son cartable. Étonné, je m'installe. Le train démarre, je vois une femme hurler à la porte comme quoi son gamin est resté sur le quai. Jouant le héros, je tire l'alarme. Résultat : amende + insultes des autres passagers. VDM

Aujourd'hui, je fais 700 kilomètres pour voir ma meilleure amie que je n'ai pas vue depuis 6 mois. J'ai dû passer au maximum 5 heures avec elle, et là, elle m'annonce qu'elle va à un concert avec son copain. Je suis tout seul en train de manger du poisson pané froid. VDM

Aujourd'hui, c'est notre anniversaire de rencontre. On ne le passera pas à se regarder dans les yeux et à se bécoter, mais à éponger le sol des toilettes, car notre pompe à merde est en panne. Par on ne sait quel miracle, ça remonte et il y en a partout. Bon anniversaire, chéri, je t'aime ! VDM

Aujourd'hui, prise de court par le temps, j'ouvre une boîte de raviolis pour le dîner. Une fois mes enfants (4 et 5 ans et demi) servis, ils me disent : « Hmmm, c'est le meilleur repas que tu nous as jamais fait ! » Je cuisine tous les jours des plats sains et équilibrés. VDM

Aujourd'hui, ma tendre et chère me fait la tête par jalousie, car elle a vu, sur Hotmail, une bannière avec des photos de jolies jeunes filles voulant prétendument me rencontrer. Allez lui faire comprendre que ce n'est que de la pub et que c'est très courant sur le Net. VDM

Aujourd'hui, je me suis levée tôt pour faire un petit déj' royal à mon chéri : crêpes, café, jus de fruits... Je le réveille avec des petits mots doux et des bisous. D'un seul coup, il me repousse en disant : « Merci pour tout, ma chérie, mais s'il te plaît, brosse-toi les dents, t'as une haleine de poney ! » VDM

Commentaires des internautes :

- ***J'aurais dit la même chose, et ma copine aussi : -) pas de quoi monter sur ses grands chevaux !! Ha ha... -_-***
- ***Il aurait pu faire pire et dire que tu avais une haleine de poney mort !***
- ***Estime-toi heureuse, il aurait pu miser sur toi au quinté +.***
- ***Au moins, il le dit gentiment. : -)***
- ***T'as eu le temps de lui préparer un petit déj', c'est vrai que t'aurais eu le temps de te brosser les dents !***
- ***Et un petit déjeuner dans la gueule ! Un !***

Aujourd'hui, ça fait bientôt 2 ans, mon compagnon, lassé de se faire sans cesse relancer par son ex, m'annonce, excédé, qu'il va la voir pour mettre les choses à plat avec elle. Ils ont mis les choses à plat sur matelas, et elle est tombée enceinte. VDM

Aujourd'hui, entraînement de basket, trop motivé, quand au bout de 5 minutes une mauvaise passe me fracture l'index. Mes principaux hobbies sont le piano et la guitare, et en stage je passe 8 heures par jour devant un ordi. J'ai mis 10 minutes pour écrire ce message. VDM

Aujourd'hui, je me rends chez ma copine pour récupérer mon portable. J'arrive chez elle (j'ai les clés), je la surprends avec un autre dans son lit. Je rentre chez moi, dévasté ; et là, je m'aperçois que j'ai oublié mon trousseau chez ma copine. Enfin, mon ex. VDM

Aujourd'hui, alors que je laissais traverser un piéton, je me fais rentrer dedans par la voiture de derrière. Je descends en traitant le chauffeur d'« enculé de merde ». C'était ma grand-mère, et on a fait le constat à la maison. L'« enculé de merde » ne me donnera plus d'argent à Noël. VDM

Aujourd'hui, je déshabille ma femme qui regarde la télé, et commence un massage pour la détendre en même temps qu'elle regarde son feuilleton. Après 20 minutes, à la fin de sa série, elle me dit : « T'aurais quand même pu me laisser regarder la télé tranquillement ! » VDM

Aujourd'hui, je me fais arrêter par les flics ; dégoûtée et à peine la fenêtre ouverte, je dis au flic : « Excusez-moi, c'était un appel très important, ma sœur vient d'accoucher ! » Et là, le flic me répond : « Ah, parce que vous étiez aussi au téléphone ? » Double amende : excès de vitesse + téléphone. VDM

Commentaires des internautes :

- ***T'aurais aussi pu lui dire que t'avais pas fait gaffe paske t'avais trop bu…***
- ***C'est pas parce que ta sœur repeuple le pays qu'il faut toi-même le dépeupler en roulant vite et au téléphone.***
- ***Une fois, un flic m'arrête paske j'avais dépassé sur une ligne blanche une mémère qui roulait à 20 à l'heure, il me dit « vous savez pourquoi je vous arrête ? » je lui réponds sans réfléchir « ça dépend, ça fait combien de temps que vous me suivez ? ». Amende à cause du dépassement + 30 minutes de contrôle total de la voiture.***
- ***Je ne comprends pas pourquoi on roule vite si sa sœur accouche… Le bébé va pas grandir d'un coup.***
- ***La vitesse est dangereuse au volant, supprimons les volants. C'est un garçon, une fille ?***

Aujourd'hui, je suis allée à la tour Eiffel avec mon homme. On parle mariage depuis longtemps, et j'ai toujours voulu une demande originale. On monte, je me fais des films. Arrivé en haut, il fouille dans ses poches, je crois le grand moment enfin arrivé, et il me sort : « J'ai toujours rêvé de fumer une cigarette à 300 mètres de hauteur. » VDM

Aujourd'hui, au lycée, j'avais très envie de pisser, d'habitude j'y vais jamais, car les verrous sont durs à ouvrir. Mais là, j'y suis allée. Je suis restée enfermée dans les chiottes 1 h 30, quand je suis sortie on m'a applaudie, et je dois payer un nouveau verrou au lycée. VDM

Aujourd'hui, j'ai fait remarquer à ma copine qu'elle n'était pas jalouse. Elle m'a répondu : « En fait, si, mais je peux pas te le prouver puisque personne ne s'intéresse à toi. » VDM

Aujourd'hui, je prends la ligne 14 du métro (celle où les portes se ferment automatiquement) à Gare-de-Lyon. J'ai dû forcer un peu pour rentrer, du coup ma veste s'est coincée dans la porte. Sauf que Gare-de-Lyon, c'est la seule station de toute la ligne où les portes s'ouvrent à gauche. VDM

Aujourd'hui, je sermonnais un pote de médecine qui passait ses soirées devant « Dr House » plutôt que de réviser, comme moi, le très gros examen. Le sujet du partiel portait sur le cas de l'épisode. Il a eu quatre points de plus que moi. VDM

Aujourd'hui, j'écris un SMS très important à ma meilleure amie. Je lui dévoile tous mes secrets et les plus intimes. Je pose mon portable, parce qu'on a sonné à la porte, et je vais ouvrir. 5 minutes plus tard, je reviens et je vois mon petit frère jouer avec. Résultat : 94 accusés de réception. VDM

Aujourd'hui, je reçois une lettre de l'IUT Paris-Descartes, je suis acceptée. Pour valider cette inscription, je dois me rendre obligatoirement et impérativement à la réunion d'information du 13 mai à Paris. J'habite à La Réunion. VDM

Aujourd'hui, j'ai envoyé un SMS à ma copine, partie en vacances avec notre coloc', pour lui dire à quel point je l'aime. Pour déconner, je lui dis de profiter que je sois pas là pour coucher avec lui. Le soir, elle m'envoie un SMS pour me dire qu'ils l'ont fait et que c'est fini entre nous. VDM

Commentaires des internautes :

- ***Eh oui, faut pas nous l'dire deux fois, à nous, les filles.: -)***
- ***T'as tendu le bâton pour te faire battre !***
- ***Elle l'a très bien rattrapé, le bâton…***
- ***Tu as quel âge ? Tu es comment ? Envie d'aller prendre un verre ?***
- ***D'après les dires de certaines, je m'approche plus du mignon que du laid, mais en même temps, les seules filles qui ne vomissent pas à l'idée de me parler sont pétées comme des loutres pas fraîches, alors ça fausse le jugement.***

Aujourd'hui, je suis allé mettre de l'essence dans ma voiture. 500 mètres avant la station, je vois dans mon rétro un groupe de motards. Je me déporte alors sur la droite pour les laisser passer. Ils me doublent avant que je m'aperçoive qu'ils vont tous faire le plein. Trente-cinq motards et deux pompes à essence. VDM

Aujourd'hui, mon mari a posé sa journée pour jouer au nouveau jeu vidéo « GTA 4 ». Il n'avait pas voulu en poser une le jour de l'échographie pour connaître le sexe de notre bébé. VDM

Commentaires des internautes :

- ***Tu sais ce qu'on dit, les pères sont conscients d'être pères qu'après l'accouchement…***
- ***Ça y est ? Il est sorti « GTA4 » ?? Ça donne quoi ?***
- ***C'est pourtant bien simple. La console, c'est quelque chose que l'homme peut tripoter et avec quoi il peut jouer pendant des heures sans (trop) s'en prendre plein les dents. Bref, la console, ça le console…***
- ***Le sexe du bébé c'est pas non plus le truc le plus intéressant au monde. Du moment qu'il est là le jour de l'accouchement.***
- ***P'tain mais c'est « GTA4 » quoi… Faut pas déconner non plus, ça fait super longtemps qu'il doit l'attendre !***
- ***Sinon, félicitations pour le bébé !!!!!!***

Aujourd'hui, j'ai eu ma nièce de 4 ans au téléphone qui me dit : « Tata ! Je suis comme toi ! » Ravie d'apprendre que la petite se comparait à moi ; elle ajoute : « J'ai pas d'amoureux. » OK. VDM

Aujourd'hui, j'étais en maillot pour la première fois cette année. Mon petit frère me regarde et me dit : « Je savais pas qu'une fille pouvait avoir autant de poils. » VDM

Commentaires des internautes :

- ***Bienvenue à l'Amicale des jeunes filles à frère imbuvable. :-) S'il est encore gamin, tu peux toujours le taper, non ?***
- ***Petite leçon de chose. Le poil, c'est utile, à quoi ça sert ? Sous les bras et autour des organes génitaux, les poils semblent avoir des fonctions mal comprises, respectivement d'évaporation de la transpiration, et peut-être de diffusion d'hormones. Les poils, cheveux et autres phanères pourraient aussi contribuer à la détoxication de l'organisme, on y trouve, par exemple, une partie de toxiques tels que le plomb, le mercure ou l'arsenic absorbé via l'alimentation ou la respiration qui s'y accumulent. Dans les oreilles et le nez, des poils jouent le rôle de filtre et d'alerte en cas de pénétration (insecte, objet…). Conclusion : non, le poil c'est pas sale, le poil est ton ami !***

Aujourd'hui, ma petite sœur de 4 ans me dit : « Maman elle m'achète des culottes Petit Bateau et toi elle t'achète des culottes Gros Bateau ! » VDM

Aujourd'hui, je me réveille avant mon copain et décide amoureusement de lui apporter le petit déj' au lit. J'arrive dans sa chambre avec le bol de café brûlant. Je ne connaissais pas parfaitement sa chambre ni ses poutres. Je m'en suis pris une en pleine tête, et le café s'est renversé sur son torse nu. VDM

Aujourd'hui, je décide d'aller chercher ma copine. Étant habillé en grand manteau et fringues plutôt sombres, je sonne à la porte de ma bien-aimée. Un grand type ouvre (son père ?), me toise un petit moment, me lance froidement « on prend pas les Témoins de Jéhovah » et ferme la porte. VDM

Aujourd'hui, j'ai appris que ma grand-mère se souvient de mon année de naissance parce que c'est l'année où son caniche est mort. VDM

Commentaires des internautes :

- ***T'as plus qu'à acheter un caniche le jour du départ de ta grand-mère, et la boucle est bouclée...***
- ***Vous faites les marioles, mais qui se rappelle de l'année de naissance de ses grands-parents... ?***
- ***Pour s'en souvenir, il aurait fallu être né.***
- ***Change de grand-mère, y en a plein les maisons de retraite !***
- ***Son chien de compagnie, c'est l'être qu'elle voit tous les jours et de qui elle s'occupe comme si c'était un enfant. Évidemment, mon explication a le défaut d'être rationnelle et de ne pas se baser sur l'hypothèse que ta personne est plus importante qu'un chien. : -)***
- ***Les vieux, faudrait les tuer à la naissance.***

Hi hi... Mais euh... tu es SÛRE que c'est pas à toi, ça, ma biche ?...

Aujourd'hui, mon chéri passe chez moi pour me rapporter des sous-vêtements que j'avais oubliés chez lui. Dans le tas, certains n'étaient pas à moi. VDM

Aujourd'hui, après 2 semaines
de dur régime, j'ai pris un kilo. VDM

Mais enfin que quelqu'un me donne une balance qui ne soit pas TRUQUÉE !

Aujourd'hui, il fait un ciel bleu comme pas possible, les oiseaux chantent. J'ai un exam' demain, j'en suis arrivé à fermer les volets et à avoir mis à fond le CD de pluie et d'orages pour me faire croire qu'il fait moche dehors. VDM

Aujourd'hui, j'arrive au bureau avec la gueule de bois. Devant la machine à café, il y a un mec à qui il manque 10 centimes pour acheter un café. Après qu'il a vérifié toutes ses poches cinq fois, je lui tends une pièce, en ayant marre d'attendre. Maintenant, il me manque 10 centimes pour le mien. VDM

Aujourd'hui, mon voisin vient me voir pour me demander d'emmener son chien qui vient de se faire percuter devant chez lui. Je me précipite pour sortir ma voiture quand j'entends un bruit sourd. Je n'avais pas vu que mon chien était allongé dans l'allée. Résultat ? Son chien s'en est sorti, pas le mien. VDM

Aujourd'hui, j'étais debout dans la cuisine en train de beurrer une tartine quand elle a glissé, heurté la chaise et est tombée du bon côté. Je lève les deux bras au ciel pour exprimer ma joie… puis je heurte violemment le meuble de la main droite. Mon index est violet. VDM

Aujourd'hui, mon patron m'a encore draguée. Sa femme me déteste, tous mes collègues sont persuadés que j'ai eu le job en couchant. Je suis lesbienne. VDM

FALLAIT PAS ESSAYER

Qui ne tente rien n'a rien. Mais pour certains, la réussite n'est pas toujours au rendez-vous. Heureusement, car c'est toujours distrayant de voir son prochain se prendre tout seul les pieds dans le tapis. « Faute avouée est à moitié pardonnée... » On dira que l'autre moitié c'est pour bien se moquer.

Aujourd'hui, j'ai quitté ma copine, qui était amoureuse de moi assez méchamment, pour pouvoir sortir tranquillement avec une fille magnifique. Cette fille déménage dans une semaine à 400 kilomètres de chez moi. VDM

Aujourd'hui, ou plutôt hier soir, je passe en vélo devant une boîte branchée. Je décide d'insulter verbalement et gestuellement les jeunes devant l'entrée. Ce faisant, ma roue glisse sur une bouche d'égout, et je m'étale devant eux. Je crois qu'ils ont apprécié. VDM

Aujourd'hui, je m'arrête à un feu rouge en voiture. À ma gauche arrive une belle jeune fille. Je veux frimer en crachant par la fenêtre, ma vitre était fermée. VDM

Aujourd'hui, j'ai piqué des gants de skis. Y en avait plein une corbeille. Je me mets dos à la corbeille, en glisse une paire dans mon jean et me dirige vers la sortie. Juste avant, un grand Black m'intercepte, mort de rire. Je traînais derrière moi tous les gants attachés les uns aux autres. VDM

Aujourd'hui, je matais tranquillement les seins d'une collègue très mignonne. Quand je me suis levé de ma chaise, elle m'a gentiment fait remarquer que je portais des jeans trop serrés. VDM

Aujourd'hui, enfin non, il y a quelques semaines, je suis rentré dans ma chambre U déchiré, j'ai vomi dans mon évier et j'ai aussi pissé dedans. Le lendemain matin, je me suis rendu compte que le vomi avait bouché le lavabo. Résultat : une semaine avec un évier puant le vomi et rempli de pisse. VDM

Aujourd'hui, j'ai fait découvrir VDM à ma mère. Elle m'appelle toutes les 2 minutes quand elle lit quelque chose de drôle. VDM

Aujourd'hui, on recevait de la famille à la maison. Une forte envie de me masturber m'a pris en voyant ma cousine de 17 ans. Je suis allé dans la chambre de mes parents qui était inoccupée. Le talkie-walkie de ma petite sœur de 6 mois était resté branché et ma famille a tout entendu. VDM

Aujourd'hui, j'ai parlé à mon ex sur le tchat en me faisant passer pour une autre. On se donne rendez-vous ce soir, et je compte lui poser un lapin, mais prise de remords, je lui envoie un message pour annuler. Mon portable est en mode anonyme. J'avais oublié que ça ne marchait pas pour les textos. VDM

Aujourd'hui, à Disneyland, une miss super « top of the pops » s'assoit à 2 mètres de moi. Je dis à mon pote, en portugais : « Une miss comme ça, je la laisse même pas sortir de la maison. » Elle se retourne avec un grand sourire et répond dans un portugais parfait : « C'est pas grave, je te ferai cocu à la maison. » VDM

Aujourd'hui, tous les P-DG de la firme où je travaille ont vu mon cul. J'ai envoyé par MMS à mon boss, avec qui j'ai une liaison, une photo de mes fesses pendant une réunion. Croyant à une blague, il a fait tourner son téléphone et a frimé devant toute l'assemblée avant de reconnaître mon numéro. VDM

Aujourd'hui, j'ai joué à Wii Tennis avec une fille qui m'obsédait depuis des mois. Tout se passait à merveille jusqu'à ce que je fasse la connerie de me prendre un peu trop pour Yannick Noah en faisant un pire smash dans sa tête. Résultat, je lui ai pété ses lunettes et elle m'a viré de chez elle. VDM

Aujourd'hui, j'ai sauté par-dessus un mur parce que je pensais que ça prendrait trop de temps de le contourner. Résultat, je m'suis vautré et j'ai récolté un mois de plâtre plus une opération pour une triple fracture du poignet… Super gain de temps… VDM

Aujourd'hui, ou plutôt ce matin, seul dans mon bureau, j'ai voulu lâcher un petit pet discret. Tout ne s'est pas passé comme prévu. Je suis au boulot, je n'ai pas de slip de rechange et j'habite à 45 kilomètres. La journée va être longue. VDM

Aujourd'hui, enfin hier, à la douane anglaise de l'Eurostar, un douanier m'a demandé si j'avais fait mes bagages moi-même. Pour déconner, j'ai répondu : « No, I was helped by a member of Al Qaida. » J'ai eu droit à une fouille intégrale et j'ai raté mon train. VDM

Aujourd'hui, j'ai tenté de rendre jalouse ma copine pour me venger, puisqu'elle l'avait fait avant. Ça a marché. Je suis célibataire. VDM

Aujourd'hui, je vais me doucher, et là me vient l'envie d'uriner. Fainéant d'aller faire l'aller-retour aux toilettes, je me laisse aller. Je n'avais pas vérifié l'eau qui avait été coupée plus tôt dans la journée. VDM

Aujourd'hui, je sors comme excuse pour mon retard qu'un gros lourd m'a accosté dans la rue et que j'ai eu du mal à le faire dégager. Quelques heures plus tard, l'administration du lycée a prévenu les flics, je passe 6 heures au commissariat pour tenter d'identifier un type qui n'existe pas. VDM

Aujourd'hui, ou plutôt hier, je vais voir ma patronne pour organiser des heures que je devais rattraper. Elle avait oublié… Je sors du taf, je vais payer mon kiné, un mois que je lui dois du fric. Il avait oublié aussi. VDM

Aujourd'hui, j'ai rompu par SMS. On m'a juste répondu : « Bon OK. » Je ne comprends pas, il ne devrait pas se traîner à mes pieds, supplier, et dire qu'il ne pouvait pas vivre sans moi ? VDM

Aujourd'hui, j'ai voulu prendre ma revanche sur mes colocs qui baisent toutes les nuits comme des furieux. Avec une copine, on a sauté sur le lit en faisant des bruits douteux. Ça a marché, ils ont été réveillés… et ont baisé comme des furieux. Deux fois. VDM

Aujourd'hui, j'ai trouvé le mot de passe du MSN de mon copain. Mon pseudo était dans la catégorie « Plan Q ». VDM

Aujourd'hui, après des ébats amoureux avec ma copine, je passe par la salle à manger, en caleçon, je lance un « bonjour Tony ! » (le prénom de son père), pour mettre la pression à ma meuf, et là j'entends « bonjour Lio »… Il était effectivement là. VDM

Aujourd'hui, je me suis réveillée à côté d'un mec dégueulasse que je ne connais pas. Il m'apprend qu'il est le meilleur ami du joli garçon que j'ai dragué pendant toute la soirée, hier soir. Je me rappelle plus à quel moment j'ai commis l'erreur de confondre les deux et de ramener le mauvais. VDM

Aujourd'hui, je parlais avec ma copine dans la cuisine de ses parents, elle me dit : « Je vais me doucher. » 5 minutes après, je me pointe pour lui faire une surprise. Je me déshabille et ouvre le rideau de la douche. C'était sa mère qui était là, ma copine attendait dans sa chambre que sa mère ait fini. VDM

Aujourd'hui, j'ai voulu allumer ma clope, il n'y avait aucun briquet chez moi, j'ai allumé la gazinière. Je n'ai plus de poils de nez, et il me manque quelques sourcils. VDM

Aujourd'hui, j'ai ouvert mon PC dans le TGV, histoire de regarder un bon film téléchargé. Évidemment, c'était un fake, et tout le wagon a eu droit à 5 secondes d'anulingus. Deux hommes. VDM

Aujourd'hui, ma maîtresse me fixe un rencard. Dans la précipitation, j'oublie mon téléphone portable à la maison. Ma maîtresse tente de me joindre sur mon portable : « Alors, chéri, tu arrives quand ? » Mais c'est ma femme qui a pris la communication du portable resté à la maison. VDM

Aujourd'hui, sur les pistes de ski, je m'arrête en forêt pour faire pipi. Sans enlever mes skis, je m'accroupis… et me mets à glisser en bas de la pente, m'écorchant le derrière. À l'hosto, un type me raconte avoir foncé dans un sapin parce qu'il a vu une femme traverser la piste les fesses à l'air. VDM

Aujourd'hui, au boulot, j'ai reçu un message du service informatique m'informant qu'aller sur des sites à caractère pornographique était un motif de licenciement pour faute grave. VDM

Aujourd'hui, je monte dans le train à côté d'une fille mignonne et qui n'arrête pas de me fixer. J'engage la discussion avec elle, je frime un peu, et à un moment, je la vois qui sourit et qui rougit quand tout à coup je sens de l'air entre mes cuisses… J'avais la braguette ouverte depuis 15 minutes. VDM

Aujourd'hui, j'ai cassé la vitre de la photocopieuse en voulant photocopier mon cul. Ma chef arrive dans 5 heures. Ça peut être que moi, je suis le veilleur de nuit. VDM

Aujourd'hui, j'ai retrouvé la Carte bleue que j'avais perdue et remplacée par une nouvelle quelques jours avant. Je vais donc pour découper l'ancienne qui ne fonctionne plus et… me rends compte que j'ai coupé en deux la nouvelle. VDM

Aujourd'hui, j'en ai eu marre de ma voisine qui n'arrête pas de tousser, nuit et jour, depuis 6 mois. Je vais sonner à sa porte pour lui soumettre quelques remèdes, et accessoirement pour pouvoir dormir plus tranquille. J'ai appris qu'elle a un cancer des poumons. VDM

Aujourd'hui, j'ai dit à une fille, avec qui j'ai couché sans la connaître, « non, c'est pas un coup d'un soir », quand elle me disait « demain tu m'auras oublié ». Le lendemain, j'aurais pu conclure avec une fille que j'aimais vraiment. L'autre est arrivée à ce moment-là et a sorti : « C'était super, hier. » VDM

Aujourd'hui, et pour la deuxième fois, mon copain m'a surprise en train de coucher avec un de ses potes et il m'a sorti : « Ma pauvre Sarah, si les rues étaient pavées de bites, tu marcherais sur le cul ! » Sur le coup, ça m'a fait rire. VDM

Aujourd'hui, je reçois une lettre de la CAF me signalant que je leur dois 250 euros. Ne comprenant pas ce qui se passe, je décide de les appeler : effectivement il y a une erreur, je leur dois 1 200 euros. VDM

Aujourd'hui, j'ai tendu un dossier à ma collègue de boulot (plutôt rondouillarde). J'ai voulu accompagner mon geste d'une note d'humour en disant « tiens, voilà du boudin ». Sauf que ma langue a fourché, et que tout ce qui est sorti de ma bouche fut « tiens, boudin ». VDM

Aujourd'hui, j'avais un oral d'allemand pour le bac blanc. Je me plante et tente de faire le mec sérieux à coups de « oui, il faudrait que je regarde des films en VOST pour progresser », et ajoute « à ce propos, j'avais pensé regarder *Metropolis* ». *Metropolis*, film muet. VDM

Aujourd'hui, j'ai voulu quitter le mec avec qui je suis depuis 5 ans. Je lui avoue alors que je l'ai trompé, et lui sors que c'est impardonnable, et que je comprends qu'il ne veuille plus jamais me revoir. Je rejoins la porte, et il me dit : « Je te pardonne. » VDM

Aujourd'hui, ma copine se plaint que je ne l'embrasse pas assez. Seul problème, son haleine m'indispose. Je lui réponds donc gentiment : « Bah, tu m'en fais pas plus ! » Résultat des courses, elle n'a pas arrêté de m'embrasser. VDM

Aujourd'hui, je dansais avec mon plat de pâtes, j'ai glissé sur le parquet, je me suis rétamé. VDM

Aujourd'hui, j'appelle un collègue en masqué, et je le menace en prenant une voix de psychopathe. Je conclus par un « je sais qui tu es, mais tu ne sais pas qui je suis HA HA HA ! ». 2 minutes après, je reçois par texto : « Les seules personnes à qui j'ai donné mon nouveau numéro sont ma mère et toi. » VDM

Aujourd'hui, je me branlais dans les toilettes d'un des nouveaux TER quand le contrôleur frappe à la porte. J'avais presque fini alors je n'ai pas ouvert tout de suite. Sauf que lui il avait un passe… Je me suis retrouvé face à lui et trois passagers. Le pire, c'est que je n'avais pas de billet. VDM

Aujourd'hui j'ai voulu me faire un petit jambon purée à midi. Pressée, les mains prises, j'ai voulu ouvrir le pot de poivre avec les dents, il a explosé dans ma bouche. J'ai passé une heure à pleurer et à tousser. VDM

Aujourd'hui, j'envoie un texto à mon ex, qui m'a quittée il y a 4 mois et qui me manque, en lui disant de revenir. Il m'a répondu : « Sentimentalement je reviendrai pas, mais sexuellement je veux bien. » VDM

Aujourd'hui, j'envoie un mail à une ex qui me trotte dans la tête depuis trop longtemps. Je n'ai aucune chance, donc pour me défouler, je lui dis que je suis devenu homo. Elle répond qu'elle est contente que je sois enfin épanoui. VDM

Aujourd'hui, en sortant du RER, je vois sortir une charmante demoiselle. Je fais donc un peu le kéké pour essayer de me faire remarquer, je grimpe les escaliers de manière sportive, souple et chaloupée… mais je ne lève pas assez le pied, me mange la marche, et me viande devant elle. VDM

Aujourd'hui, pour plaisanter en voyant un avis de nécrologie, j'ai dit à un pote, : « T'as vu, ton père, il est mort. » Il m'a répondu : « Ouais, je sais. » VDM

Aujourd'hui, j'ai ouvert un paquet de céréales, et il a explosé sur mon clavier ; maintenant, mon clavier croustille. VDM

Aujourd'hui, je prenais un verre avec des potes du boulot, et je vois une belle femme qui semble chercher quelque chose. Je m'avance vers elle (pour la draguer devant les potes) et lui demande ce qu'elle a perdu. Elle me répond : « Mon mari et mon fils. » VDM

Aujourd'hui, en revenant d'une séance de shopping, un mec sacrément canon me dépasse ; je décide de faire le vieux coup du mouchoir, mais n'ayant aucun mouchoir sous la main, je le double et laisse tomber mon porte-monnaie derrière moi. Le mec a ramassé mon porte-monnaie et s'est barré en courant. VDM

Aujourd'hui, nous avons eu l'idée (lumineuse ?) de faire l'amour sur un pouf avant le retour de mon colocataire. Résultat : un petit millier de billes de polystyrène dans le salon. Et non, ça n'est pas ramassable en 30 minutes... VDM

Aujourd'hui, j'ai dit à mon mec que j'en avais marre qu'il aille tout le temps au cinéma. J'ai dit : « C'est ta carte de ciné ou moi, j'en ai ras le bol. » Et lui de me répondre : « Écoute, je me fais moins chier quand je suis au cinéma. » VDM

Aujourd'hui, enfin il y a quelques semaines en fait, j'en ai marre de perdre du temps par pudeur le matin dans la salle de bains avec mon colocataire masculin. Je me dis qu'on est assez grands, je sors nue de la douche, etc. Depuis, il se dit amoureux de moi, me suit partout, tente de m'embrasser… VDM

Aujourd'hui, j'étais à la piscine en train de faire des longueurs, quand soudain je repère un beau gosse. Pour l'impressionner, je commence une longueur de crawl rapide. Au bout de 10 mètres, j'ai eu une crampe et j'ai failli me noyer. VDM

Aujourd'hui, plutôt l'année dernière, repas avec ma douce et ses parents. Fin de repas et alcool aidant, je discute des jeunes stagiaires du travail et je lâche, en parlant de l'une d'elles : « Ah, la cochonne. Elle, elle m'excite bien. » Grand silence, mon cerveau se met enfin en marche, trop tard. VDM

Alors toi, tu SAIS parler aux femmes.

Aujourd'hui, gala de fin d'année. J'engloutis quatre rhum orange. Je vois cette fille qui me plaît depuis longtemps. Je vais l'aborder en lui disant qu'elle ressemble à une actrice porno de la fin des années 1980. VDM

Aujourd'hui, j'me suis dit : « Allez gros geek, sors un peu voir le soleil, lève ton cul de ton PC, va marcher. » J'me donne du courage, j'me fais violence, je sors de chez moi. Sans mes clés. Depuis 4 heures, je squatte un cybercafé. VDM

Aujourd'hui, je ressors d'un contrôle très important, en sortant je fouille mes poches dans le but de trouver mon antisèche... Je l'ai laissée dans la copie double. VDM

Aujourd'hui, je passe un contrôle de physique. N'ayant pas révisé, je copie mot pour mot sur ma voisine. On n'avait pas exactement les mêmes sujets. VDM

Aujourd'hui, en salle informatique, je suis parti chercher du papier pour l'imprimante au bureau des pions. Ne voyant pas mon prof au retour, je décide de sauter sur un camarade assis devant son PC en criant : « Attention, tu vas bouger ! » C'était mon prof. VDM

Aujourd'hui, j'ai voulu voir si la poêle était chaude. Je n'ai plus d'empreintes digitales. VDM

Aujourd'hui, quand je me suis réveillée, mon mari était déjà hors du lit. Je pense l'entendre passer dans le couloir et je lui dis : « Alleeez, fais pas ton timide, ramène ton sexe tout de suite et viens me faire des choses. » Une voix me répond : « Il est parti chercher du pain. » C'était ma belle-mère. VDM

Aujourd'hui, il est 1 h 30 du matin, le dernier bus passe à 1 h 35. J'ai une soudaine envie d'uriner, je me mets derrière l'arrêt de bus. À ce moment-là, le bus passe, en avance. VDM

Aujourd'hui, j'ai acheté un paquet de Schtroumpfs, les bonbons gélifiés, et je m'en suis enfilé les trois quarts en stage. Ce que je ne savais pas, c'est que ces fichus bonbons ont un colorant puissant. J'ai la langue toute bleue et une présentation dans 10 minutes devant des clients. VDM

Aujourd'hui, une fille sur qui je flashe depuis un moment met en avatar MSN une photo d'un mec avec un cœur. Moi, jaloux comme pas deux, je lui dis que le type est super moche et qu'on dirait un tueur à gages. Il s'agissait de son frère qui a une leucémie. VDM

Aujourd'hui, nous étions trois au resto : une amie obèse, mon mec et moi. Mon amie sous-entend qu'elle veut se faire opérer. Mon mec : « Tu vas te faire poser un anneau ? » Perdu. Les dents de sagesse. VDM

Aujourd'hui, ce matin pour être précis, je cherchais un magazine dans la table de nuit de ma mère et suis tombé sur un test à la noix concernant le sexe. Donc : ma mère aime l'anal, le buccal, et le sexe de mon père est tordu. Nausée. VDM

Aujourd'hui, je joue en concert avec mon groupe, et au moment de réaliser un saut digne d'une rock star, guitare en main, je me foule la cheville en retombant et je me vautre sur mon ampli devant 850 personnes. Concert stoppé. Bien sûr, France 3 n'a rien manqué de la scène. VDM

Aujourd'hui, en quittant le restaurant, le très beau serveur que j'avais essayé de draguer toute la soirée m'a dit devant tout le monde : « Mais pourquoi t'as inscrit ton numéro sur la table avec des cœurs ? Je vais pas t'appeler, tu sais ! » VDM

Aujourd'hui, avec mon homme, nous avons des jeux sexuels un peu particuliers. C'est ainsi que je me retrouvai ligotée, bâillonnée dans le coffre de sa Clio, direction son appart'. J'y serais sa prisonnière sexuelle pour le week-end. Après 10 minutes de route, il s'arrête. « Contrôle de police, monsieur, vos papiers, SVP. » VDM

Aujourd'hui, pressé, je passe par la salle de bains pour un brin de toilette. Pour gagner du temps je décide de pisser en même temps que je me brosse les dents. Je n'avais pas prévu que la main qui tient l'engin allait produire le mouvement de celle qui tient la brosse. Et une murale, une ! VDM

Aujourd'hui, je prends une part d'un des gâteaux apportés par les invités à un anniversaire. Je la trouve pas bonne et la tends discrètement à la fille à côté de moi en lui disant : « Tu en veux ? Moi je trouve ça dégueulasse. » Elle me répond : « Merci, c'est moi qui l'ai fait. » VDM

Aujourd'hui, je veux déboucher mon évier avant de faire la vaisselle. Bien consciencieusement, je dévisse le coude du tuyau en dessous de l'évier en ayant mis un bol en dessous. Je récupère toute l'eau sale bien noire dans le bol. Je verse le bol dans l'évier. VDM

Aujourd'hui, un automobiliste m'a piqué la place où j'allais me garer. Je lui ai poliment demandé de se pousser, il m'a insulté, j'ai donné deux grands coups de pied dans sa voiture, devant beaucoup de témoins. La voiture n'a rien, je me suis déchiré les ligaments du pied. Un mois de plâtre. VDM

Aujourd'hui et depuis un an, je suis la couverture de mon meilleur ami gay. Hier, grand repas pour l'anniversaire de sa grand-mère. Mon repas passe mal (fruits de mer) et je cours vomir aux W-C. En revenant, on m'applaudit en guise de « félicitations ». Ils pensent que je suis enceinte et qu'on va avoir un bébé. VDM

Aujourd'hui, en urinant, j'ai visé le petit bloc bleu posé au fond de l'urinoir. J'ai appris à mes dépens que ça gicle et que ça fait plein de petites taches bleues sur les habits. VDM

Aujourd'hui, je jouais avec mon hamster sur mon balcon. Comme il ne veut pas jouer, je lui fais une toute petite poussette avec le pied pour le réveiller. Il est tombé du quatrième. VDM

Aujourd'hui, mes parents étaient partis en vacances. Je n'ai pas le permis, mais j'ai eu envie d'essayer d'avancer et de reculer la voiture de mon père dans le parking, juste comme ça, pour voir ce que ça fait. Résultat : j'ai foncé dans la voiture de ma mère avec celle de mon père. VDM

Aujourd'hui j'ai voulu faire le malin et montrer à mes collègues comment je pouvais allumer à distance la webcam qui est chez moi. Ainsi, nous avons appris tous ensemble que je suis cocu. Je sais pas encore si je vais divorcer, mais c'est sûr que je vais arrêter la bidouille informatique. VDM

Aujourd'hui, je suis brancardier dans une clinique. En descendant un patient paraissant inquiet au bloc opératoire, je veux le rassurer en lui disant « ne vous faites pas de soucis, vous serez bientôt sur pied ! », avant de lire sur son dossier : « Amputation jambe gauche ». VDM

Aujourd'hui, je vais sur l'ordi de ma mère, je cherche dans l'historique un truc que j'ai cherché il y a 2 semaines, et là je tombe sur un site porno où elle met des photos d'elle. VDM

Alors mon poussin,
tu regardes des
dessins animés ?

Aujourd'hui, je décide de mettre mon ordinateur en mode diaporama (défilement de photos). Vous saviez que les fichiers cachés aussi sont lus durant ce mode ? Eh bien, moi je l'ai appris en même temps que le reste de la famille en voyant ma copine nue sur le PC. VDM

Aujourd'hui, il y a 10 minutes, j'entends ma voisine hurler comme si on l'égorgeait. Sa fenêtre est ouverte. Interloqué, je vais sur mon balcon, et demande d'une voix forte si elle va bien et si elle a besoin de quelque chose. Elle et son copain me répondent en chœur : « On baise, dégage ! » VDM

Aujourd'hui, et depuis 2 semaines, je prépare ma copine à la rupture en lui sortant de méchantes vannes. Depuis 2 semaines, elle me trouve super rigolo. VDM

Aujourd'hui, mon meilleur ami m'annonce qu'il a une MST. Moi je dois lui annoncer que j'ai couché avec sa copine il y a 3 jours. VDM

Aujourd'hui, une stagiaire bosse avec moi, et après avoir fait connaissance, j'aperçois le sous-directeur qui s'approche de mon bureau. Je la mets en garde en lui disant bien de se méfier de ce connard-là. Il rentre, elle dit : « Bonjour papa ! » VDM

Aujourd'hui, j'avais rendez-vous avec un responsable de ma boîte. N'étant pas physionomiste, et peu soucieux du nom de famille des gens, j'étais fier d'avoir retenu son nom et son visage : « Bonjour, monsieur Le Hideux », lui dis-je. « Monsieur Le Vilain suffira... » me rétorqua-t-il. VDM

Aujourd'hui, une ancienne camarade de classe que je n'avais pas du tout envie de revoir se dirige vers moi à la fac. Je décide donc de faire semblant d'être au téléphone. Et en arrivant près d'elle, mon portable se met à sonner. VDM

Aujourd'hui, j'ai lancé à mon copain : « Je suis la plus grande de toutes les femmes de ta famille ! » Et il m'a répondu : « Oui, mais tu es la plus grosse aussi ! » VDM

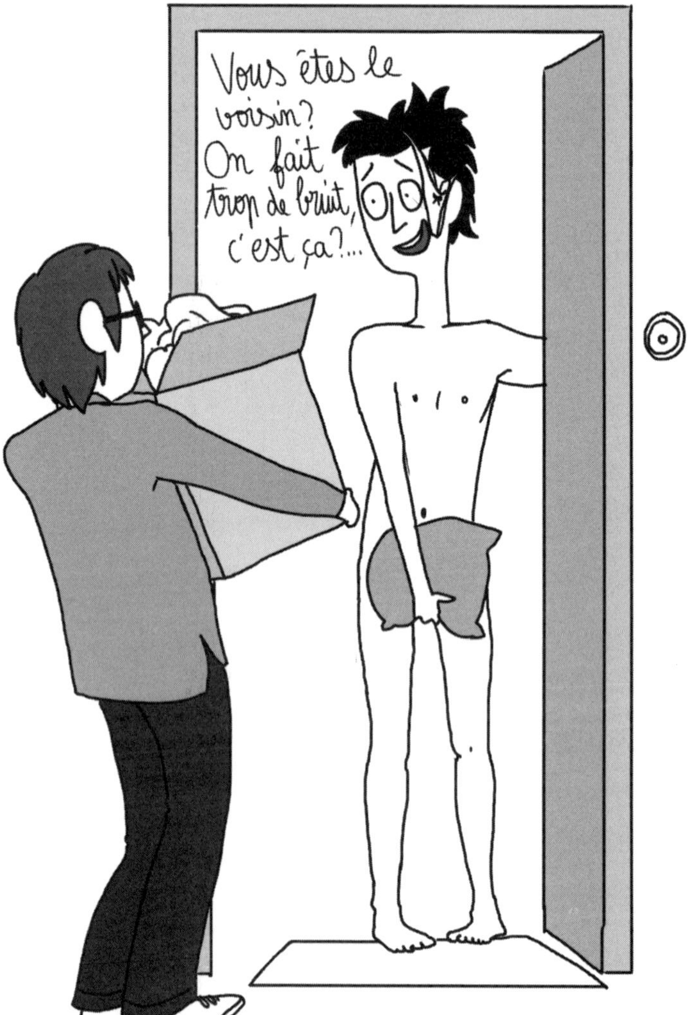
Vous êtes le voisin? On fait trop de bruit, c'est ça?...

Aujourd'hui, je me décide à ramener les affaires de mon ex-copine avec qui j'ai passé 6 ans de ma vie. J'ai rompu cette semaine et j'avais bon espoir qu'elle ait compris ses erreurs, et qu'elle me demande de rester un peu pour discuter. Je sonne à sa porte, et son nouveau copain m'ouvre. VDM

Aujourd'hui, j'étais dans le métro avec une copine et j'ai flashé sur un mec. Ne sachant pas comment l'aborder, je lui dis : « Salut. Avec ma copine, on a parié 10 euros que tu me donnerais ton numéro ! » Le mec me regarde, glacial, et me répond : « Dis à ta copine qu'elle a gagné 10 euros. » VDM

Aujourd'hui je me suis fait prendre à voler des bonbons. J'ai 25 ans. VDM

Aujourd'hui, je cherchais des photos dans l'ordinateur de mon père et je suis tombé sur des photos de ma mère à poil. VDM

Aujourd'hui, j'avais piscine, j'ai voulu faire mon malin devant un groupe de femmes. J'ai plongé en salto arrière, je me suis explosé le nez au fond. Direction l'hôpital. VDM

REMERCIEMENTS

À Antoine Descamps, Antoine Descazals, Julien Azarian et Yann Asselin pour leur participation quotidienne à l'aventure viedemerde.fr.

À Didier Guedj, Harold Jonesier et Laura Cherfi, pour leur précieux concours à la réalisation de cette ouvrage.

… et puis milles sourires à Michel, Virginie et Sophie.

Composition réalisée par PCA

Achevé d'imprimer en mars 2011 en Italie
ROTOLITO LOMBARDA
Dépôt légal 1re publication : mai 2010
Édition 5 : mars 2011
LIBRAIRIE GÉNÉRALE FRANÇAISE - 31 rue de Fleurus - 75278 Paris Cedex 06

30/8512/3